MANUEL RIVAS

La mano del emigrante

punto de lectura

Título: La mano del emigrante
Título original: *A man dos paíños*
© 2000, Manuel Rivas
© De la traducción: Manuel Rivas
© Fotografías de interior: Manuel Rivas
© Santillana Ediciones Generales, S.L.
© De esta edición: abril 2002, Suma de Letras, S.L.
Barquillo, 21. 28004 Madrid (España)   www.puntodelectura.com

ISBN: 84-663-0655-2
Depósito legal: M-39.819-2002
Impreso en España – Printed in Spain

Cubierta: MGD
Fotografía de cubierta: Stuart Nicol / HULTON ARCHIVE
Diseño de colección: Ignacio Ballesteros

Impreso por Mateu Cromo, S.A.

Segunda edición: septiembre 2002

MANUEL RIVAS

La mano del emigrante

El apego y la pérdida

Conocí al Caimán desde niño sin haberlo visto nunca. Otros niños tenían miedo del Hombre del Saco, un ser terrible y barbudo que vagaba por los caminos y se llevaba para siempre a los críos descuidados. Yo temía al Caimán y sabía que existía. Mi padre me había hablado de ese guardia que para él, y los jóvenes de su tiempo, encarnaba el mal. Como también encarnaba el orden, me fui formando la inquietante idea de que orden y mal podían ser dos caras de un mismo ser monstruoso. El Caimán disfrutaba haciendo daño y uno de sus placeres era suspender las verbenas de las fiestas populares al poco de empezar. Cuando se alejaba, los mozos cantaban resentidos: *¡Se va el caimán, se va el caimán, se va para Barranquilla!*

Los golpes de billar de la vida me devuelven de vez en cuando a la existencia del

Caimán y sus disfraces. Y al tarareo de esa canción como un conjuro contra el mal. Así ocurrió con el recuerdo de un emigrante en Londres y el testimonio de un marinero náufrago. Es uno de los hilos reales, visibles, que entretejen la materia de este libro. Como lo es la Torre de Hércules, con su faro de luz legendaria, que tanto simboliza el renacer como el adiós, el apego y la pérdida.

John Bowlby tituló así, *Attachement and Loss* (Apego y Pérdida), una apasionante trilogía sobre el comportamiento infantil y las consecuencias de la pérdida temporal o permanente de los seres más queridos. Si unimos apego y pérdida, como quien reúne dos hemisferios, el resultado es *morriña*, o su hermana *saudade*, dos palabras preciosas y carnales, tan manoseadas por el tópico. El mundo, en su hechura verdadera, es decir, como geografía emocional, también está constituido por esos dos hemisferios. La vida humana transita entre el Apego y la Pérdida.

La de los emigrantes y los náufragos son experiencias extremas en esa ruta fronteriza. A veces, en la vida real y de forma trágica, coinciden esas circunstancias en las mismas personas, como vemos que ocurre ahora entre el norte de África y España, y en otros escenarios. Pero incluso en condiciones no tan dramáticas, hay algo muy fuerte que une al emigrante y al náufrago. La lucha por la supervivencia y el ansia de una nueva vida. De otra vida.

Una versión de *La mano del emigrante* fue publicada como serie de seis capítulos en el diario *El País*, con el título de *La mano de los paíños*, a partir del original en gallego. Confieso que la he reescrito y retraducido hasta quedar insatisfecho. La historia de Castro me sigue atrayendo como el temblor que provoca una gota de saliva en la superficie de un pozo artesano.

En este libro hay un «cuerpo a cuerpo», buscado de forma intencionada, entre el relato de ficción y el relato periodístico. Me apasiona el contrabando de géneros, ¡otra vez la frontera!, y este encuentro es la mejor respuesta que se me ocurre a la cuestión recurrente sobre el lugar de lo real y de la «verdad» en el periodismo y la literatura.

Italo Calvino decía que el momento más importante del escritor es cuando levanta la nariz del papel. Es una forma magnífica de sugerir que la clave está en la forma de mirar. La mirada antecede a la escritura, pero también la guía por el lado oculto de la realidad.

Pero eso nada tiene que ver con la operación mágica. La categoría de lo *mágico*, aplicada a la literatura, pudo tener su gracia, pero se ha convertido ya en una desgracia. Es una categoría inservible, perezosa, un nuevo academicismo. Nos remite a una «división de tareas», en la mente y en la concepción del mundo, que inutiliza el propósito literario. La mirada literaria sirve para ensanchar, en todas las dimensiones, el campo de lo real. Para crear, para inventar, más realidad.

Esa obsesión, la de la mirada, tiene mucho que ver con la parte quizá más extraña de este libro. *El álbum furtivo*. Las fotos están hechas con máquinas de usar y tirar y con una vieja cámara rota, a la que tengo estima. También quieren contar una historia. La de una mirada. La mirada es el personaje. En uno de sus poemas parisinos, César Vallejo habla con irónica ternura del acento que siempre le acompaña «pegado a los zapatos». Me pregunté: ¿Cómo emigra una mirada? ¿Dónde deposita su afecto, su melancolía? Imaginé una mirada que estampara sus propias postales, un paisaje íntimo en la gran exposición de la metrópoli. Y esa mirada imaginada fue llevándome por su propio camino, por una segunda naturaleza callejera. Lo que busca la publicidad (*mágica*, ahora sí) es ocupar la mirada. Pero la mirada camina con los pasos del apego y la pérdida, abre su propio sendero, y recicla los mensajes publicitarios como harapos con los que tejer un sentido y depositar la melancolía.

EL AUTOR

La mano del emigrante

A Picco Carillo

Paíño. Un pequeño pájaro de color blanco
y negro, el paíño común *(Hydrobates pela-
gicus)* vive todo el año en mar abierto, ex-
cepto en la época de cría. Es el ave marina
más pequeña de Europa.

MANUEL SECO, Diccionario

Los paíños son las aves pelágicas de menor
tamaño; su color es fundamentalmente
negro, menos la mitra, que es blanca; el
pico tiene tubos nasales; vuelan a ras del
agua y parecen caminar sobre ella.

Guía das aves de Galicia

Uno

La barra del Old Crow medía lo que cuatro hombres tumbados. Aun así, si la mirabas de una esquina a otra, la mano de Castro ejercía para mí un atractivo hipnótico. No importaba que estuviese quieta, ciñendo la cintura de la pinta de cerveza, o redondeando en el aire una historia de la que de repente se desentendía, como si empezar a contarla fuese un error.

De cerca, también llamaban mucho la atención sus ojos. Eran como un paisaje de nubes y mar, e incluso rielaba desde el poniente del derecho un sol enrojecido que le lloraba un poco. A veces se encendía, en una tormenta de verano con mucho aparato eléctrico, y la voz de Castro tronaba. Había unos cuantos productos en la química del mundo que le producían alergia. Uno de ellos era la laca en el peinado de la conservadora señora Thatcher. En aquel tiempo, la primera ministra tenía por costumbre aparecer en el informativo de las nueve, a continuación de las carreras de caballos, y la clientela del Old Crow, por más que se bajase el volumen del televisor y el espectro fuese reducido a mímica, sentía el incómodo azote de un adoctrinamiento equino y que una amargura tibia se apoderaba de la cerveza. Castro se había pasado años y años limpiando un hospital psiquiátrico por la parte de Epsom, grande como una ciudadela. Lo dejó el día, un domingo de descanso, en que se sorprendió a sí mismo meciéndose sin fin, sentado en un banco solitario, en el verde sombrío de Mount Hill. Lo atajó a tiempo, aquel envolvente rock & roll en la antesala de la locura. Se convirtió luego en un estimado celador del hospital Saint Thomas, en Londres, filmando con ojos acuosos toda clase de dolencias por los largos pasillos. Así que se consideraba legitimado

18

para mandar a la mierda a aquella Dama de Hierro, con su bolsito lleno de pirañas.

Había otro asunto que alteraba su fama de *porter*, de camillero tranquilo. Algo difícil de detectar para los demás, pero que él captaba de reojo, y que yo, con el tiempo, pude reconocer. La llegada del pasado. Una forma malsana de melancolía que, a veces, cruzaba el umbral de la puerta del Old Crow. Alguien, por ejemplo, que pillaba en el aire el dardo de Castro contra la gobernanta, y maldecía Inglaterra y el día en que llegó a Victoria Station, a este país de sucios perfumados, vestidos como horteras, comedores de bazofia, más falsos que una silla de tijera, fríos y turbios como el Támesis, con más cariño por los perros que por los niños. Así, en confianza, paisano. Que no hay tierra como la nuestra. Que luego van allí de turistas y se ponen ciegos por cuatro pesetas. Un paraíso. Y estoy viendo cómo Castro, en silencio, encara la diana del Old Crow con los dardos de verdad, y los clava en el milimétrico centro, con una precisión inquietante, abriéndose las guías como una flor de cactus.

Me maravilla su mano. Una mano que navega en el aire, cabrilleando a contraluz, como si cada dedo fuese una lanzadera unida todavía por un hilo de nervio al dardo. Luego se retrae. Se cierra en un puño vigoroso. Gira con lentitud sobre la muñeca. Y entonces se despliega de nuevo, los dedos tamborileando en el aire. La mano es un ser vivo. Es el lugar donde Castro se encuentra ahora, donde laten sus vísceras, sus ojos al acecho, sus bocas boqueando. La mano del buceador es un pez nupcial entre guirnaldas de algas, la sombra de la medusa, una estrella de mar asida a las rocas, el cazador camuflado que se deja estrechar por la víctima, el pulpo que cree haber vencido hasta que emerge perplejo en la superficie y tiene que ceñirse humillado al brazo que lo alza como un triunfo. Entre el pulgar y el índice de la mano de Castro, en el triángulo de la membrana carnosa, hay tatuados en tinta negra tres pequeños pájaros. Minúsculos y de trazo sencillo, como ideogramas chinos. Vuelan en los pliegues de la piel. Cuando la mano se cierra, se ocultan en una gruta.

¿Golondrinas?

No, no son golondrinas. Son paíños. La última compañía del marinero.

Cuando el camillero lleva un paciente por el pasillo encerado, los pájaros del mar silban en las ruedas. Revolotean en la órbita del rostro del enfermo cuando el silencioso camillero coloca el tubo del suero o dobla el embozo de la sábana sobre su pecho, ese último gesto de amparo. En los primeros momentos de la anestesia, los paíños pasaron a ras de la cresta enrizada del sueño y se posaron sobre las pestañas. Así, el sueño es profundo pero no abismal. En la inmensidad clínica, cuando sale del quirófano y va volviendo en sí, el enfermo recompone la existencia a partir del tatuaje del camillero.

Pero ahora Castro recoge los dardos del centro de la diana y se los pasa al paisano bocazas y le dice: Te toca a ti. El hombre no entiende bien lo que ocurre, pero tira y lo hace de una manera bastante torpe.

También con la lengua hay que saber apuntar. ¿Dónde carajo crees que estás?

Y entonces lo señala con el índice, los paíños volando en picado. No me gusta la gente que viene con un saco de mierda en la cabeza, le dice Castro. Métete con el gobierno, como todo cristo, pero no maldigas al país que te abrió la puerta. ¿O es que tengo que explicarte por qué llegamos con una maleta de cartón? Embarcamos en un tren como ganado. No había ni retretes. Tenías que sacar el culo al aire para hacer tus *business*. En la frontera de Irún, un tipo nos arengó hablando de la glo-

riosa historia de España. ¡Españoles! ¡Siempre
con la cabeza alta! ¡Qué cabrón, un discurso!
Mejor sería que nos hubieran dado una copa
de Felipe II. ¡Qué bien nos vendría un trago
de coñac para la posteridad! En las despedidas
todos lloramos, sí. Pero, recuerda, ¿quiénes
eran los que más lloraban? Los que quedaban
en tierra. Ellos sí que tenían morriña. Morriña de no poder marchar.

Los ojos de Castro tenían ahora la luz fría
de un pavimento empedrado. Por ellos pasó
presurosa una sábana de lluvia. ¡No me jodas!,
exclamó. Eso sí, llenaron los pueblos de
sucursales bancarias. Y de funerarias. A mí,
los curas, si es que me ven, me verán en cenizas. No tendré entierro, no tendré esos minu-
tos de celebridad. ¡La razón de ser del gallego! La esquela, el funeral cantado. ¡Yo volveré
en un cuarterón de tabaco!

Hombre, ¡darás para una libra!, bromeó
Regueiro.

A mí los curas no me hicieron ningún mal,
dijo el otro, muy serio, como quien descubre
al Viejo Enemigo, la satánica figura con cuer-
nos y rabo.

Castro sonrió con algo de malicia. Se giró
hacia la barra y pensé que le había amainado
la tempestad. Pero era sólo una pausa para

echar un trago. Tampoco le gustaba que se le calentase la cerveza.

¿Sabes una cosa? Quiero a mi madre, que es lo que me queda allá, quiero a mis muertos, quiero a la casa de la higuera, que ya no existe, quiero al mar del Orzán, quiero a los recuerdos, buenos o malos, pero no me pidas que ame a mi país.

Dices eso pero no lo sientes, balbuceó el otro, como asustado ante una blasfemia nunca antes oída. Te guste o no, uno debe amar su patria. ¡Es de bien nacido!

¡Mi patria es un hospital!

Del fondo del Old Crow, bañado por la luz lunada del billar, llegó el retruque de una bola herida. Un error que la empuja a la tronera. La oveja negra, sin duda. El ruido de la caída de esa bola es mayor porque rueda por la estela silenciosa de una pifia, por la perplejidad del jugador, aunque éste, luego, reacciona con un gesto de fastidio y trata de traspasarle la culpa al taco.

Durante un rato, viví la ilusión de que la bola perdida perforaba el sótano de la mesa de billar y seguía camino por el suelo hasta detenerse a nuestros pies. Y que esa ánima que venía de la fatal carambola zanjaba el pleito. Era el amigo Ruán que volvía, con la lengüeta de un mirlo cantor. Cuando él cantaba en el Old Crow a la verde, verde hierba de la tierra natal, el tapete aterciopelado se agrandaba como un prado a la luz de la luna. Brotaba, cadencioso, un venero en los corazones. Daban ganas de besar aquel pastizal.

Ruán arrancaba filigranas de aire a su flacura de naipe. En la juventud, en Galicia, había sido vocalista en orquestas volanderas, apalabradas al momento en el Tacita de Plata, el bar de los músicos, para animar las verbenas en las aldeas remotas. Decía: Íbamos como pájaros, tras el grano de las cosechas. El invierno era un vía crucis. Tocábamos tres o cuatro, en salones que de víspera eran cuadras. Yo era el cantante, pero no tenía ni suelas para gastar pista.

Miraba para las relucientes punteras, taconeaba, y sonreía muy flamenco: Yo marché para comprar unos zapatos de bailar. Como los de Fred Astaire.

Ahora, en el Old Crow, nadie cantaba a la verde, verde hierba de la tierra natal. A Ruán lo habían operado de un cáncer en la laringe. TENGO UN CANGREJO, escribió en la pizarra. Fue algo que vivimos no como una enfermedad sino como una injusticia, brutal y meditada, por la precisa localización. Una humillante orden de silencio que venía de lo más alto. O Dios era muy duro de oído o, en definitiva, tiraba piedras contra el propio tejado, pues la voz de Ruán era una consagración. Se marchitó el tapete verde del billar y nunca más volvió a crecer allí la hierba de la tierra natal. A Ruán le habían puesto un aparato para recuperar algo de voz, aunque él renunciaba nada más intentarlo. No soportaba aquel inquilino roncón y desafinado que se le había metido en el cuerpo. Nosotros lo comprendíamos pero lo animábamos igual. Mira, Ruán, que el Beethoven era sordo. Y entonces él había escrito en la pizarra: SE JODIÓ EL TOCATA. Un día entró todo mustio, las cejas haciéndole una visera de sombra. Se acodó en la barra, sin saludar, con la vista perdida en la cenefa de la cerveza negra. De repente, se fue a la pizarra del marcador y escribió: AMIGOS, ME TOCÓ LA LOTERÍA. Y por la forma que tuvo de marchar, sin despedirse, llegamos a la conclusión de que esta vez le había ocurrido algo en verdad desagradable. No supimos más de él. Lo buscamos, pero había ido borrando todas las huellas. A Ruán lo había tragado una tronera.

Me pareció que Castro también había reparado en la inquietante caída de la bola. Su expresión no tenía aquella energía que le era tan natural y la mirada se le nubló, posada en la mano de los paíños, como quien lee algo que los demás no ven.

Amar, dijo finalmente, se ama a una mujer, un hijo, un perro, pero a un país, un país... En fin, ¡qué más da! Déjalo estar. Échale algo. ¡Salud a todos!

¡Viva Galicia!

¡Cante el mirlo!

¡Vivan los de la calle de la Mierda!, proclamó Arturo Regueiro con orgullo. Los dos habíamos nacido allí, por la Vereda del Monte Alto.

Si A Coruña era una barca de piedra varada en el Atlántico, el Monte Alto era donde la ciudad aproaba. El campo de juego de la infancia tenía la forma de un triángulo. En el vértice de la izquierda, la prisión provincial; en el de la derecha, el cementerio de San Amaro. De frente, el antiguo faro, la Torre de Hércules. La primera y última luz. La luz de la arribada y la del adiós. Por eso, cuando de niños nos preguntaban qué queríamos ser de mayores, los ojos iban fugitivos de la cárcel al cementerio. Por fin, encontraban la salvación en el viejo faro. Y una voz interior exclamaba: ¡Emigrante!

Ladbroke Grove arriba, hacia Kensal Rise, me fijé una vez más en la forma de andar de Castro. Los brazos en arco y las manos semiabiertas, separadas a una cuarta de los muslos, y siempre unos pasos por delante de los demás. De cortavientos, como guía en la bandada emigrante. La frente adelantada abría hueco en el túnel de la noche. El casco de una botella rodó por la acera. ¡Vuelve preñada, mi amor!, le gritó un vagabundo tumbado en la puerta de la funeraria John Nodes. Servicio de día y de noche. Elegante carroza con caja acristalada para el féretro. Caballos con penachos de plumas de avestruz. Me dejó impresionado, entre el tráfico de coches, Ladbroke abajo. Un crío a su madre: ¡Caballos, caballos! Ella apuraba el cigarrillo, con esa manera de fumar que tienen las madres de manos ocupadas, parpadeando, tragando y exhalando humo al mismo tiempo. Sí, hijo mío, sí. Caballos.

Fíjate en el andar de Castro, dijo Regueiro. Parece el hombre que mató a Liberty Valance.

No, respondí. Es el andar del que empuja la cama de los enfermos.

También tú eres camillero y llevas las manos en los bolsillos.

Y Jack Sullivan, que venía detrás, medio rendido, diagnosticó: Ése es el andar de quien perdió algo.

Dos

Un día se le escapó el nombre, Irene, pero Castro no nos la presentó nunca. Cuando decía no, mañana no puedo, tengo algo que hacer, y la mano sellaba el aire como un cuño, intuíamos que ese algo era la tal Irene, que supusimos inglesa o irlandesa, pues él había pronunciado *Airin*. Y le cantábamos la vieja canción que alguna noche animada cerraba la velada en el Old Crow: *Irene, good night! Irene, good night! Good night, Irene! Good night, Irene! Good night, Irene! Irene, good night!*

El cabello de Castro era tan canoso que le rejuvenecía la cara. Lo recuerdo siempre así, como teñido por una nevada lejana. Bromeábamos a su cuenta. ¿Cuántos tacos tiene esa princesa en cada pierna? Los viejos no deben enamorarse, Castriño. ¿Y él, qué edad tenía él? Pensándolo bien, yo sentía a su lado esa sensación, la de saber todo y no saber nada.

Me extrañó por eso que aquella mañana de domingo, al atravesar Queen's Park, con una llovizna que nos lavaba la cara, hablase de su cita con Irene. Íbamos a la agencia de viajes, en Portobello, a sacar los billetes de avión para pasar la Navidad en Galicia. Lo encontraba animado. Iba a llevarle a su madre una manta escocesa.

No te rías, ¿eh? La cita es en el museo.

¿En el museo? ¿En el de las momias?

Una vez habíamos ido al British Museum. Pasábamos por allí. Había un vendedor de castañas en el portalón de entrada y eso era algo que la mano de Castro no podía resistir. Ni tampoco un puñado de cerezas, cuando llegaba el verano. Alegre como un niño con su cucurucho de castañas calientes, siguió con la mirada la riada de gente y soltó a la desangelada pandilla: ¿Por qué no entramos nosotros? Y añadió luego, como para justificarse: Hay calefacción. Y es gratis.

Lo estoy viendo en la sala de las momias egipcias, petrificado delante de una vitrina esquinada, la que menos llamaba la atención, sosteniendo a media asta el cucurucho como antorcha consumida que le tiznaba la mano.

¡Te van a embalsamar a ti!, le gritó Regueiro, para que se moviese.

29

Pero fue él quien tiró de nosotros hacia la vitrina.

¡El carajo de la vela! ¿Lo habéis visto? ¡Es el gato de la casa! ¡También hacían momia con el micifuz!

Y mucho le dio al caletre con aquel asunto, que esa gente sí que sabía arar con la muerte, poblar de animales el largo sueño, pues qué sería de aquel más allá precintado sin un gato que mantuviese a raya a los ratones.

No, en el de las momias no, sonrió Castro. En el de las pinturas. En Trafalgar Square. En la National Gallery.

En aquella ocasión, añadió también, como si yo le hubiese pedido cuentas por citarse con una mujer en un museo: Hay calefacción. Y es gratis.

¿Serán bonitas, las pinturas?

Esta vez, esquivó la ironía. Hay una increíble, dijo. Y su mano dibujó una filigrana veloz en el aire empañado. Hay una de un caballo grande, alfar, de ojos vivos, que hasta parece que va a salir del cuadro. Hablaba con el brío de quien comparte un descubrimiento. Pero la mejor, ¿sabes?, la mejor pintura es la de un temporal, allí, en la misma sala del caballo grande. Sientes los zarpazos del mar, como si estuvieses en el lugar, con aquella gente mareada, en el embarcadero. Mejor que en foto. Quien haya pintado eso le vio los dientes al mar.

Y esa Irene, me atreví a preguntarle, ¿quién viene siendo?

Pero él todavía no se había zafado del temporal o hizo que no oía: El embarcadero era el de Calais. Lo pone allí, en el letrero.

Caminó unos pasos cabizbajo, pensamiento pasajero.

De repente, se volvió hacia mí, clavándome la mirada, con censura: ¿Haces caso siempre de todo lo que cuento?

Salió del camino y se adentró en el césped. Una ardilla rebuscaba en la hierba. Se irguió sobre la cola, vigilando el decidido andar del intruso, con esa forma de interrogación que tiene el cuerpo de la ardilla en parada de alerta. Pero Castro pasó sin prestarle atención, empujando una camilla invisible. Entonces lo llamé, pensé que se había enojado. Él, sin detenerse, hizo un gesto de calma con la mano, que decía espera ahí, ya voy ahora. Se agachó para coger algo. Al volver, con un aire grave de inspector, sostenía por la punta, como la prueba de algún crimen, el envase roto de una botella. Extrañamente, la mano de los paíños temblaba.

¡Qué feo hacía en la hierba!

También llovía, pero con una intención de aguanieve, la noche en que salimos para aquel viaje de visita navideña a nuestra tierra. Era

31

una oferta económica, en chárter de emigrantes, desde la terminal uno de Heathrow. Habíamos concertado por teléfono un coche, uno de esos *cabs* baratos, sin licencia para parar. Londres dormía en un silencio aldeano, de farolas escasas. Después de tantos años, era la primera vez que nos coincidía ir juntos, pero ni siquiera eso comentábamos en la espera somnolienta y destemplada, en el portal de la torre Trellick. Con el tiempo, la emoción del retorno es un recuerdo. Al principio, la maleta no pesa, por más que vaya llena. Pero luego, aunque el equipaje sea ligero, pesa lo que el hombre que la lleva. Castro era fuerte y, cuando llegó el taxi, cogió la suya y la mía para cargar en el maletero.

El conductor resultó ser un joven de Cachemira. Nos trató de una forma muy cordial, como si viniese a recoger a unos parientes. Escuchaba en el radiocasete música de su país, la voz de una mujer, un ir y venir melancólico que parecía conectado, en una obsesiva danza, al movimiento del limpiaparabrisas. De vez en cuando, hablábamos por hablar. Castro, por ejemplo, le preguntó si en Cachemira había tomates. Y él sonrió y dijo que claro, que era un lugar con valles muy fértiles. Al poco tiempo, miró de reojo a Castro, que iba en el asiento de delante. Su tono era serio: Disculpe, señor, ¿por qué me preguntaba si había tomates? Sin esperar respuesta, añadió como quien habla por una herida: ¿Piensa usted que somos un país muy pobre, de gente hambrienta?

Pese a aquella extraña reacción, Castro respondió con aplomo. La mano de los paíños limpió el vaho del cristal por su lado.

En absoluto, dijo Castro. Se lo pregunté porque me gustan mucho los tomates. Donde se dan tomates, se da de todo.

El joven esbozó de nuevo una sonrisa.

Así que la culpa debió de ser mía. Porque fui yo quien le preguntó, por preguntar, si las cosas le iban bien, si era feliz en Londres. Estábamos ya en el tramo de la autovía que lleva a Heathrow. El joven no respondió. Sacudía la cabeza, para espantar el sueño o sabe Dios qué avería. Soltó la mano derecha del volante, abrió la guantera y llevó algo a la boca. Esculcaba en el pasadizo de la noche, con los faros de los otros coches llameando en el agua. Como si le entrase una prisa súbita, sus facciones se tensaron y comenzó a acelerar. Primero, de una manera suave que parecía ir a la par de la música. Pero luego, a fondo, hasta que la aguja de la velocidad se puso a

33

vibrar. Yo rumiaba lo que había de error en mi pregunta, qué hilo nervioso llevaba de la cuestión boba de la felicidad a aquella aguja enloquecida. Castro le posó la mano de los paíños en el hombro. Tranquilo, hombre, tranquilo. Estamos en tiempo.

Y aquella mano fue lo último que vi antes de que el auto patinase contra el pretil, queriéndose arrojar fuera de la carretera y del cantar de la mujer melancólica.

Tres

Al despertar, los enfermos ya oyeron todo.
Mi experiencia de camillero me parecía
ahora una preparación necesaria, un entrena-
miento, como si estuviese años dando vueltas,
cogiéndole las medidas al lugar en que me
encontraba. Una camilla que rodaba por un
pasillo de urgencias de mi hospital. Oí decir
que iba inconsciente, pero yo sabía quién me
llevaba. El señor Sullivan empujaba con una
calma veloz, con zancadas contenidas, como
si guiase una balsa con agua por la cintura.
Jack Sullivan lucía siempre una espléndida
sonrisa. Había sido paracaidista en la guerra
mundial y llevaba consigo ese asombro de
estar todavía vivo. Contaba de su infancia en
Fulham, al lado del río, que venían bretones en
bicicleta, cargadísimos de ristras de cebollas, y
pregonaban su mercancía: *Spanish onions, spanish onions!* Al cruzarnos, si empujaba una cami-

lla, siempre nos soltaba eso: *Spanish onions!* Era muy colega de Castro. Se saludaban en el trabajo como dos jugadores después de encestar en la canasta, chocando las palmas desde lo alto. Castro decía que deberían pagarle un plus por esa sonrisa, por ese teclado alegre. Sería injusto tener un accidente y no gozar de la animosa sonrisa del señor Sullivan, camino del quirófano. Ahora sé que si no abrí los ojos fue por la vergüenza del superviviente.

El peor ruido de la noche de los hospitales es el de la cremallera del saco donde se guardan los cuerpos muertos. Después los pasábamos a la caja metálica en la camilla. Íbamos un par de hombres. Las enfermeras lavaban con urgencia el cuerpo del fallecido y luego se le metía en aquel saco. No había paredes. Las cortinas corridas separaban a los pacientes pero el sonido de la cremallera cortaba el sueño de los enfermos como un cuchillo de sierra. Si lo hacías muy despacio, amortiguando el roce de los raíles dentados al máximo, no dejaba de oírse como un tren fantasma en la noche. Si lo hacías de un tirón, disimulando el cierre con toses compasivas, todo se amplificaba como un estruendo de aserradero mecánico al morder la madera. Es lo que tienen las noches de los hospitales, que todos los sonidos son silencios rotos. Un concierto de averías. La lentitud indolente de los relojes. Estos relojes, decía Castro en las noches de guardia, tienen mala fe. Para mí que atrasan la hora cuando no los miras.

En el lento y fatigoso despertar de la anestesia, yo tenía la sensación de ir descorriendo poco a poco la cremallera de la bolsa de los cuerpos muertos. Hablaba con Castro, pero yo sabía que Castro ya estaba en la caja metálica de la que no se sale. El avión se posaba de vuelta a casa. Era una noche muy lluviosa en Galicia. Nadie más bajaba del avión, los dos solos en el aeropuerto vacío. No había ni policía. De repente, apareció una mujer de la limpieza con su mandilón azul. Era Rosalía. Pero ¿qué haces aquí? Limpiar, ¿qué quieres que haga? Limpio la National Gallery y al terminar, vuelo en la escoba. Le reían mucho los ojos. Se la veía alegre por habernos encontrado, pero Castro apartaba la mirada. Parecía muy concentrado en la cinta inmóvil y vacía de recoger los equipajes, preocupado quizás por la manta escocesa.

A mí Rosalía me caía muy bien. Habíamos hecho juntos aquel interminable viaje en tren que nos llevó en 1961 hasta Victoria Station.

Desde que subimos, en A Coruña, en aquel tren con asientos que hacían callo en el culo, no se separaba de un bolso que abrazaba en el pecho. Le iban molestando mucho las botas altas y ceñidas que llevaba. Simulaban cuero, pero eran de plástico y sentía escozor en la piel. Pero en el segundo día, al atravesar Francia, se descalzó y parecía que revivía. Recuerdo que en Calais, en el embarcadero, a la espera del transbordador, había exclamado: ¡Ah, pues es cierto que Inglaterra es una isla! Nos reímos mucho. ¿Y qué llevas en ese bolso, si puede saberse? Llevo nueces. Y era verdad. En el tren inglés sacó nueces y nueces como si fuese la provisión de una ardilla. Después, adormilada, apoyó la cabeza en la ventanilla, con el crepúsculo de almohada, y yo tuve la tentación furtiva de cogerla de la mano. No me atreví. Nos separamos en Victoria Station, ella caminando insegura sobre los zancos de las botas baratas. Ya no nos vimos más.

Este amigo tuyo, dijo ahora Rosalía con sarcasmo, no está hoy muy charlatán. Y no me extraña. ¡Vaya plantón que me dio!

Quedé muy sorprendido. ¿Qué había entre ellos dos? Escuchaba al fondo del aeropuerto el retruque de las bolas del billar. De repente, me di cuenta estremecido de que Castro, ajeno a todo, pálido y con el pelo despeinado y blancuzco, llevaba una manga colgando. Le faltaba la mano. La mano de los paíños.

Sin más, tiré de él hacia el avión.

Pero ¿qué pasa?

Hay que volver, Castro, hay que volver cuanto antes.

Hice fuerza. Casi consigo descorrer del todo la cremallera de los cuerpos muertos. Regresábamos al lugar del accidente. Allí yacía el muchacho de Cachemira. También nosotros estábamos tendidos sobre el asfalto. Las palabras de los de la ambulancia aboyaban en el aguasangre y llegaban a mi oído como interferencias en el repique de la lluvia. Dos muertos y un herido. Sí, confirmado. Nada que hacer. El herido presenta traumatismo craneal. Herida incisa superficial muy sangrante. Fractura de fémur. Una mano amputada. Sí, la mantenemos en hielo. Personal del Saint Thomas. El herido y uno de los fallecidos. Tarjeta de celadores. Castro. C-a-s-t-r-o. Sí, una lástima. Vamos allá.

Tenía que recordar. Otro tirón en la cremallera de la muerte. El taxi vuelve a la carretera, se desplaza tumbado, vuelca. Como la losa de un sarcófago encima de mí. Golpeo la ventana con la maza del puño. Estallido de cristales y huesos. Todos los colegas, toda la panda de la mano, fuera de juego, sangrando por las brechas. Uso el brazo como bastón de ciego para abrir un hueco. Otro tumbo del coche. Demonio de puerta. Como una guillotina en la muñeca.

Inmovilizado en mi escafandra de escayola, observo en horizontal el bulto de la mano, posada en alto sobre almohadas. No es un vendaje normal, como si estuviese entoldada. Es la segunda vez que la enfermera levanta las vendas y la revisa con mucha atención. Le pone un aceite para que las vendas no se peguen en las articulaciones. Tampoco eso es normal. Ella piensa que no la veo.

Dicen que hay cuatro escalones cuando se regresa de la anestesia. No se recuerda nada del más bajo, del momento decisivo de la operación. Pero tiene que haber un rincón en la mente donde algo quede grabado. Intento abrir del todo la cremallera. Trato de bucear en el pozo sin fondo de la anestesia, noto el roce blando de las anguilas, remuevo el limo, las sanguijuelas chupan la sangre represada en la mano. La silueta de los paños a contraluz. ¿Es cierto que estaba allí el doctor Lemmon, el microcirujano? Una vez me encargaron que lo guiase hasta Histopatología, que eso sí que era un museo, un fondo de miembros y órganos conservados en glicerina y alcohol. Me explicó que trabajaba en un centro sanitario militar especializado en nuevas prótesis y miembros artificiales. Se estaba llegando a una perfección técnica increíble. Ni una quiromántica distinguiría, a simple vista, una mano artificial de otra natural. Pero la gran revolución, añadió, como si me confiase una tarea secreta, llegará con trasplantes nunca jamás imaginados. Y concluyó convencido: Lo que se hace con los órganos se hará con todo.

Me vino a la cabeza un pensamiento aterrador. ¿Se podrá también transplantar la cabeza con los sueños y la memoria dentro? Pero no fue eso lo que me atreví a preguntarle. Entonces, doctor, ¿se podrá transplantar un miembro, una pierna, por ejemplo, de una persona a otra?

¿Por qué no?, respondió con seguridad. Lo hacemos ya con el pulgar de la mano. Incluso el dedo grande del pie puede sustituir la cabeza del pulgar sin problema.

No podía ver la mano, pero intenté dibujarla en la mente. Eso me lo había enseñado un neurólogo. Nunca olvidamos la memoria de nuestro cuerpo sano. Podemos sufrir cambios y mutilaciones pero la planta original del cuerpo permanece. La mente, por ejemplo, conserva las arrugas de los que se hacen cirugía estética y las borran de la cara. Así que envié los nervios a inspeccionar por el territorio de la mano. Me despreocupé de todo el resto del cuerpo. No podía moverla. Pero me pareció que sí podía dibujarla en la cabeza. Era mucho más grande de lo que antes era. De allí a poco, como un excitante hormigueo, sentí el aletear de los paíños. La mano de Castro respondía. Estaba viva. Lo más curioso es que la mente no la extrañaba. La reconocía como mía.

Castro me había contado una historia en el Old Crow. La mayor impresión de cuando había estado embarcado. El combate entre un nerval y un pez espada en el mar de la Antártida. Se acometían en imponentes saltos fuera del agua, batiendo las armas, el cuerno alanzado y la espada, en una danza brutal. El capitán, hechizado, ordenó poner el barco al ralentí. Cuando contaba aquel duelo marino, la mano de Castro era un gran pez plateado que emergía entre la espuma. Muy pronto, mi mano sería ese pez.

Cuatro

El señor Appleton, el jefe de cirugía, tuvo el detalle de encabezar la primera visita médica. Antes que nada, levantó las vendas y le echó un buen vistazo a la mano. Hizo un gesto de aprobación.

Un gran trabajo, dijo él. Créame, no era fácil salvar esa mano.

Le di las gracias como pude. Mi voz era aún como un collar deshilachado, con las cuentas sueltas.

El doctor Appleton me dio el pésame por Castro. Sabíamos que era hombre de pocas palabras. Por eso me sorprendió, y gustó, lo que dijo. Que Castro era un *gentleman*, un caballero. Yo nunca lo había considerado desde esa perspectiva, aunque el pelo tan blanco y el hablar reposado le daban de por sí un señorío. Quizás, también para ellos el esfuerzo por salvar la mano era un homenaje a Castro.

A propósito de la mano, pensaba que Arturo Regueiro, cuando me vino a ver, sería más directo. Estuvo simpático, eso sí. Al verme embalsamado, exclamó: *¡La muerte tenía un precio!* Le sacaba mucha punta a los títulos de las películas. Había sido acomodador en el cine Hércules, antes de que lo cerrasen y, cuando emigró, encontró trabajo en el ambigú del Curzon Mayfair. Decía: Yo, siempre en el Séptimo Arte. El caso es que Regueiro tenía que estar al tanto de todo, pero se limitó a decir: Te pusieron piezas nuevas en todo el carro, incluida la clavija del timón. E hizo, sonriendo, el gesto de apretar un tornillo en la sien.

¿Qué me dices de la mano?

¡De estreno!, exclamó Regueiro.

La mano del mejor amigo, añadí yo, buscando complicidad.

Me miró con algo de extrañeza. Luego sonrió: Claro, claro.

Regueiro me explicó que no habían enterrado a Castro, de acuerdo con su voluntad. Llamaron a la madre y ella estuvo de acuerdo en incinerarlo.

Bien hecho, dije. La mar era lo que él quería.

De eso tenemos que hablar cuando sea el momento, dijo Regueiro. La madre no se vale por sí misma. Y no es cosa de enviar las cenizas por correo. Pensamos en ti. Al fin y al cabo, viajabais juntos. Lo hablamos entre los amigos, y todos de acuerdo. Cuando te repongas, si te parece, te vas con Castro.

Asentí. Era un detalle que agradecía.

Los de aquella convalecencia fueron días muy importantes en mi vida. Entre la mano y la cabeza empezó a establecerse un entendimiento. La mano me hizo pensar en mi forma de ser. Eres como un cangrejo ermitaño, metido en la caracola, me había dicho Castro una vez. Tienes que abrirte al mundo. Y en eso estaba. Los paíños subían brazo arriba, por los nervios, y se sostenían al pairo en la cabeza. Las enfermeras, que me tenían por un tipo arisco, se sorprendieron con mi cambio de humor. De joven era muy bailarín. También eso me lo hizo recordar la mano.

Un día apareció un doctor nuevo, a quien no conocía por el nombre, y me comentó que iba a ser necesaria una segunda operación. Según sus palabras, el reimplante había sido un éxito. Pero luego habló, de una manera enrevesada, de complicaciones derivadas de lo que llamó *la fractura del boxeador* y de la ligazón de los tendones situados en *la tierra de nadie* de la mano. Parecían títulos de película para Regueiro.

Hay que levantarlo un poco, con cuidado, le dijo a la enfermera. Es hora de que el dueño le eche una ojeada a la mano. Al fin y al cabo, se trata de una obra de arte.

Sobre eso yo no tenía ninguna duda. La mano de mi mejor amigo era una obra de arte llena de vida. Siempre sucedía algo cuando se ponía en movimiento. Vi ahora cómo el doctor retiraba las vendas muy suavemente, como quien demora el momento en que nos va a mostrar un paisaje pintoresco.

¿Qué? ¿Qué le parece?

Aquella mano estaba desadornada. Durante los interminables días de postración, la imagen de los paíños del mal tiempo en el refugio de la mano me había ayudado a sobrellevar el desasosiego. Ahora, no había nada a la vista.

Se debió de notar mucho mi contrariedad. El doctor y la enfermera, desconcertados, rebuscaron con la mirada, entre las vendas, lo que mis ojos habían buscado. Algo que no sabían lo que era. El motivo de mi desengaño.

Es un prodigio de la microcirugía, insistió el doctor con entusiasmo, refiriéndose de nuevo a la mano recosida.

Gracias, le contesté con frialdad.

Al principio, quizás le resulte extraña, dijo el médico, intentando vencer mi indiferencia. Pero ésta es su mano y no ninguna otra.

Las heridas fueron cicatrizando y los huesos soldándose. La pierna presentía cuándo iba a llover, como si colocasen un barómetro dentro, pero nada más. Me libré pronto de las muletas y de la minerva del cuello. Pero estaba cansado de que me hiciesen pruebas en la cabeza, encefalogramas, resonancias y todo eso, y de aquella manía de que viese cada poco al psiquiatra.

Razono mejor que antes. E incluso mejoré el idioma.

El médico rió: No es por eso.

Yo bien sabía por qué era. Era por la condenada mano. No entendían por qué no se movía, por qué no sentía, si todo estaba perfecto, si la circulación de la sangre había revasculado desde el primer momento. Estaba viva. Pero con la vida de una lapa.

Me había cabreado con el psiquiatra.

¿Por qué la oculta?

¿Ocultar el qué? ¿Qué quiere, que pinte la mona con ella todo el día como la reina?

Eso de ser camillero te da una cierta confianza con el personal facultativo. Al final, me dejaron tranquilo.

Yo sólo utilizaba la mano como una rígida pieza ortopédica, como si fuese un pai-pai de palma o una cuchara de madera. Ante mi desapego, ella parecía reaccionar con un resentimiento inanimado. A veces, a la noche, sentado a solas en la mesa de la cocina, la apretaba con la otra mano y veía cómo luego se iba abriendo, con una lentitud vegetal. Cuando le acercaba el fuego del mechero no se movía, pero parecía que me miraba con los ojos sellados, de murciélago.

Un día me llamó Regueiro y me dijo que ya había llegado la hora de llevar a Castro de regreso a la tierra. Yo dije que sí, que ya era hora. Había aplazado todo lo posible aquel momento. Había callado sobre el asunto. Tenía las llaves de la vivienda, pero no quería verme enfrente de aquella puerta roja que tanto me recordaba las de los barcos. Ni siquiera había vuelto por el Old Crow.

Parecíamos dos ladrones aquella noche en que fuimos a buscar el cenicero con los restos de Castro. Lo habían colocado sobre la cómoda del cuarto, delante del espejo y al lado de una foto de la madre. Lucía como un florero sin flores.

¿Qué te parece?, preguntó Regueiro. No era de los más caros pero tampoco de los más baratos.

No me sentía muy bien. No quería tocarlo. Palidecí.

Trae aquí la bolsa, me dijo Regueiro, que ya lo guardo yo.

Aquella bolsa deportiva vino conmigo en el avión. La llevaba abrazada, en el regazo, y no sé por qué me acordé de Rosalía y de su bolso con nueces. La azafata me había llamado la atención, justo antes de despegar, pero enmudeció cuando le dije, en voz muy baja, que era mi amigo quien iba allí. Las cenizas de mi mejor amigo.

Mil veces había repetido Castro que ya no había casa con higuera. Pero de todas formas, al llegar en taxi a Visma, busqué la silueta de una higuera entre los edificios que ocupaban el lugar de la antigua aldea marinera. La madre de Castro abrió la puerta nada más sonar el timbre, como si estuviese esperando agazapada en la puerta. Yo no sabía muy bien lo que hacer, pero ella miró hacia la bolsa de deportes y preguntó sin dramatismo: ¿Es él?

Asentí. Pasa y siéntate, dijo ella, que voy a arreglarme un poco. Es un minuto.

Lo dijo con determinación, pero tardó ya mucho más de un minuto en recorrer el pasillo. Caminaba lenta, casi arrastrando los pies. Como si cediera a su pesar ante una ley injusta,

49

dijo desde la puerta del cuarto: Hagamos cuanto antes lo que haya que hacer, que a mí no me llega el día para nada.

Tenía razón. Fuimos por un sendero del litoral, buscando un lugar apartado de las nuevas construcciones, por los roquedos marinos de Visma. El viento nos rondaba, furioso aduanero en aquel paso. Extrañamente, Chelo, la madre de Castro, parecía aligerada en la tormenta. Señaló la cima del monte de San Pedro. Y dijo algo enigmático: Desde allí tiró el bollo de pan.

Al fin, nos decidimos por una roca accesible, que hacía atrio, y nos protegía de la rabia del mar. Aun así, resbalé y me hice sangre en la mano tonta. ¿Duele?, preguntó la señora. Miré la mano y la mano me devolvió una mirada infectada y hosca. No, no duele nada.

Fue con esa mano, mientras con la otra sujetaba el cenicero, con la que intenté echar al mar los ligeros restos del amigo. Pero el viento me devolvía las cenizas y se prendían a las hebras de la ropa como pavesas. Murmuré: Tranquilo, Castro.

¡Aparta!, dijo la madre de repente.

No sé de dónde sacó esa fuerza. Alzó el cenicero y lo arrojó entero a la boca del mar. Luego, se santiguó.

Yo lo prefería en tierra, dijo con aquella curiosa voz que acariciaba con rudeza. Pero éste tampoco es mal sitio.

Cinco

Si no fuera por esta ventana, yo ya no estaría aquí, me confió la madre de mi amigo Castro.

Comprendí lo que quería decir. Aquella ventana era un hechizo. La ensenada del Orzán se agitaba en una revuelta final. Aquel coraje inútil, místico, de todos los caballos del mar, ¡caballos, caballos!, que van a ser atrapados en un corral de doma.

¿Usted recuerda cuándo se tatuó la mano? Se lo pregunté mientras tomábamos un café. Como de pasada. Para que los muertos se vayan en paz, hay que darles un poco de conversación. Y yo notaba que Castro no acababa de irse.

Eso fue mucho después, dijo la señora.

Comprendí que estaba ida en otro tiempo.

En Año Nuevo, continuó ella, hablando por su propio hilo, ése fue el día en que tiró el pan desde lo alto del monte. Lo había despertado muy temprano, mientras todos los demás dormían. La de la víspera había sido una noche de las mil y una. Ahora que lo recuerdo, creo que aquélla fue la última noche feliz. Habían estado en casa los de la comparsa, los amigos de Albino, mi marido, que eran muy parranderos. Albino tocaba la concertina. La había comprado en Lisboa, cuando andaba de marmitón en un paquebote que transportaba madera. Y tocaron, cantamos, salieron cuentos, hasta que nos dimos cuenta de que Tito estaba dormido en el suelo, con la *Karenina* de almohada.

¡*Karenina*, *Karenina*! Yo estaba viendo a Castro, a quien ella llamaba Tito, en Londres, cada vez que acariciaba un perro con la mano de los países. Los amansaba así, en un parque o en la calle, extrañados los dueños de aquella repentina confianza entre hombre y perro.

¿*Karenina*?

Era una perra que él tenía, explicó la madre de Castro. La encontró Albino en la playa de Sabón, tirada por el mar a la arena, extenuada. La gente llegó a la conclusión de que tenía que venir de un barco que había desaparecido en esa ruta, un carbonero llamado así, *Karenina*. La perra no extrañó nada la casa, y yo creo que fue por el niño. La cuidaba como a un cachorro. Cuando él se escapaba a las rocas, y el mar estaba bravo, ella le ladraba y lo mordía en el brazo, sin lastimarlo, para que se apartase. ¡*Karenina*!

Lo del pan, lo del pan fue en Año Nuevo. Me dio por ahí, dijo la madre de Castro, como si tuviese una corazonada. Había oído hablar a los viejos de esa usanza y me quedó en la cabeza. Decían que si tirabas el primer pan del año al mar, salvabas la vida de un marinero. Y que la hogaza tenía que soltarla la mano de un niño. Así que aquel año desperté a Tito y lo llevé a los acantilados de San Pedro. Por el camino le expliqué a qué íbamos. Era para salvar una vida. Con razón, el niño no entendía nada. Debió de pensar que era una manía mía, como la de colocar saúco en la cerradura de la puerta la noche de San Juan. Pero, preguntó preocupado, ¿salvar a quién? A cualquiera, dije yo. Cualquier vida. Desde lo alto, él miraba hacia mí y luego para el fondo, donde el mar afila los colmillos, pero no soltaba el pan. Entonces le grité: ¡Es por tu padre, Tito! ¡Échalo por papá!

Fue un arrebato. No se lo debí decir así. Tiró el pan, pero noté que me había cogido miedo.

Palpó la taza. El café frío es un veneno, dijo. Pero lo sorbió igual. Su mirada siguió el vuelo de un cormorán. Tuve miedo de que ella perdiese la memoria con la zambullida del ave.

Pregunté: Entonces, ¿lo del pan no funcionó?

Sí, sí que funcionó. Fue un milagro. Pero él no lo supo. Cuando lo de la guerra, Albino tuvo que esconderse. Cada amanecer aparecían las playas sembradas de muertos. Sabíamos que iban a venir a buscarlo. No sólo por las ideas sino porque había un guardia que se la tenía jurada, uno al que llamaban el cabo Caimán. Nunca le perdonó que, en el Carnaval, Albino le cantase al frente de la comparsa: *¡Se va el caimán, se va el caimán, se va para Barranquilla!* Se cruzaba con él y le advertía: ¡Ya hablaremos tú y yo, Albino, ya hablaremos un día de éstos! Bien sabía él el infierno que se nos venía encima.

Y así fue. Desde que empezó aquella carnicería, durante años, un día tras otro, venía en su búsqueda. Albino vivía huido. Su mejor escondrijo era una gruta, la que llamaban del Congro Mouro. Cavó un agujero que iba a salir a la ladera del monte. Yo tendía la ropa en el matorral y le escondía comida debajo. Sí, vivía como un topo. Pero nadie sabía nada con certeza. ¡Se habían destrozado tantas vidas!

Al principio, le dije al niño que el padre se había marchado a América. Y un hermano mío, que estaba en Buenos Aires, enviaba cartas con el nombre de Albino en el remite. Para hacer el paripé con el cabo Caimán. Éste venía y decía burlón: Así que el pájaro está en América, ¿eh? Y ponía la casa patas arriba.

Al niño le hacían mucha ilusión aquellas cartas. Mi hermano era también muy pavero y le escribía curiosidades que bien parecían armadas por el caletre de Albino. Le hablaba de unos cuervos que pescaban en la Patagonia, abriendo un hueco en el hielo, y usando tanza y anzuelos que les robaban a los hombres. Del pez arquero, que cazaba libélulas en el aire disparando flechas de agua. De unas orugas que tomaban la forma, el color y el olor del excremento de los pájaros que ansiaban comerlas, y así se salvaban, simulando ser mierda, dispensando. De una Lámpara del Humor que tenía un barbero amigo suyo, y que cuando la encendías daba luz de risa. De otro amigo suyo, invisible, al que llamaba Señor Nadie, que siempre pitaba un silbato de policía para que no lo pisaran. Y cosas así. El niño resucitaba con aquellas cartas que firmaba el padre. Soñaba con ellas.

En esa altura, mientras escuchaba a la madre de Castro, yo pellizcaba la mano tonta debajo de la mesa. Me parecía verlo a él, en el Old Crow, reviviendo aquellas cartas como si fuesen cuentos propios.

A mí me tenía a un lado. Casi no me hablaba. Sobre todo después de lo de la *Karenina*. No hubo otra salida que deshacerse de la perra. Porque ella sí que sabía que Albino no estaba en América. Cuando estaba suelta, ladraba desde las rocas hacia la gruta del Congro y yo le tiraba piedras para alejarla de allí. La ataba a la higuera, pero el niño la soltaba cuando yo iba al trabajo. Era cigarrera en la Fábrica de Tabacos, ¿sabes? El humo nos dio de comer en aquel tiempo. Bien, pues me di cuenta de que la *Karenina* también había descubierto el rastro de Albino en la madriguera cavada que daba al monte. Y aquella noche la llevé a la otra orilla de la ciudad, a Eirís, con una compañera de la fábrica que tenía huerta donde dejarla presa. Al niño, cuando se dio cuenta, angustiado, de la ausencia, le dije que quizás *Karenina* se había ido por donde vino. Por el mar. Le dije eso. Mira qué tontería, con lo listos que son los niños. Y me cogió más rabia. Debía de pensar que yo me dedicaba a hacer desaparecer las cosas que él más quería.

Y fue en aquel tiempo cuando pasó lo que tenía que pasar.

Creí que esta vez la madre de Castro no iba a salir del silencio. Un pesquero zafaba entre el ser y el no ser, en las crines del temporal. Ha de ser de Malpica, murmuró ella. Cuando por fin salvó la línea de la Torre, cerró los ojos y suspiró.

Albino venía algunas noches a casa, en las invernadas, cuando no asomaba por aquí ni el Caimán. Y pasó, dijo la madre de Castro, que quedé preñada. No hubo otro remedio que hacer un apaño. Hablé con un primo de Albino, un solterón. Ramón Troitiño. O'Troito. Trabajaba de estibador en el Muro. Era muy buena persona. Grande como una grúa, como el buey de Belén. Un cacho de pan, de mucha confianza. Algo inocente, eso sí. Lo convencí para que viniese a vivir a casa y para que aparentase que habíamos emparejado y que la criatura que llevaba dentro era suya. Pero antes, antes todavía tuve que armar una mentira peor. Que Albino había muerto en América. Y al niño ya no le llegaron más cartas.

Él nunca aceptó a Ramón, dijo la madre de Castro. Nunca le dirigió la palabra. Como si no lo viese. Y eso que el hombre trató de tocar la concertina y todo. Di a luz a una niña.

Y la cría sí que fue como una hija para Ramón. Llegaba por la mañana, pues hacían las descargas de noche, y mecía a Sira en el aire con aquellos brazos que tenía, que eran como ramas de roble. Se veía que al chaval aquella estampa feliz lo consumía por dentro. Fue creciendo muy solitario. Le había enseñado las letras doña Elvira, que también tenía al marido huido y había puesto una escuela de párvulos por aquí. Ella siempre decía: Es un niño listo, pero muy metido en su caracola. Salía de la escuela y volaba por las rocas, siempre con el sedal en la mano. Pillaba de todo. A nosotros nos trataba como tres extraños. Se sentaba a la mesa y no levantaba la cabeza del plato. Pero la niña pudo con él. Era muy linda, la Sira.

Seis

No sabía que Castro tuviese una hermana. Ni que su padre había vivido oculto como un topo por causa de la guerra. Ni me había contado nada de un estibador gigante que hacía de padrastro. En realidad, no sabía nada del pasado de mi mejor amigo. No sabíamos casi nada unos de los otros, como si fuésemos soltando el lastre de la memoria por las vías del tren y el último fardo quedara en el paso de Calais.

Pero los recuerdos nos perseguían, olfateaban el rastro, al acecho durante años, rondaban en la noche, trepaban por las hiedras y los desagües, gorgojeaban en los sumideros, se deslizaban como medusas por las vísceras grasientas de la ciudad. Se les oía, con su jadeo bronquítico, en las viejas chimeneas tapiadas de los cuartos de alquiler, en los rincones húmedos de las viviendas sociales con nombres edénicos. Nos perseguían en los trenes de cercanías, por el cubil del metro, o en las marquesinas de los buses de la madrugada, hasta encontrarnos de nuevo. Los recuerdos siempre daban con nosotros. Y ordenaban: Acompáñenos, suba a esa carroza. ¡Caballos, caballos! Los caballos del memorial, cataclop, cataclop. Ladbroke Grove abajo, con su penacho de plumas de avestruz.

¿Te has fijado en cuánta gente habla sola por las calles de Londres?, me había dicho Castro un día. Quizás también se refería a nosotros. A él. A mí.

Ahora yo estaba callado, al lado de aquella ventana que daba a la ensenada del Orzán. El temporal tiraba sin contemplaciones del carro de la noche. Sólo parecía que se le resistiesen las aspas luminosas de la Torre de Hércules y la voz del recuerdo.

Se fue encariñando poco a poco con la hermana, dijo la madre de Castro. Porque cuando la niña se echó a hablar, lo primero que se le entendió, muy claro, era Tito, Tito. Él la miraba muy serio, sin hacerle gracias, pero a la niña le daba igual. Esperaba siempre a que llegase de las rocas con su cubo lleno de colores, de peces, y cangrejos, y conchas, como si apareciese el rey del mar. Y él le decía que tuviese cuidado con las manos, y le iba enseñando los nombres de cada cosa. Los estoy viendo. Él aparta un *demonio*. Está lleno de espinas, le dice a la hermana, ¿sabes por qué?

La niña no responde. Mira fijamente a aquel ser menudo, del roquedal, hecho de espinas y ojos.

Para que no lo coman los más grandes.

Y llegó el momento en que Sira tuvo la edad de brincar en las rocas e ir tras de él. No había quien los separase. Ramón andaba siempre de vigía: Del mar no te fíes, que es un pirata. Pero yo era más confiada, y me alegraba verlos tan unidos. Y de que Albino supiese que era así. Porque él ya empezaba a estar muy mal, medio ciego, con la piel manchada, como si cogiese el color de la piedra, y con el pecho apozado de tantos fríos.

O'Troito llevaba razón, contó la madre de Castro. Aquel día el mar estaba manso. Tito llevó a Sira a la pesca. Le había preparado un sedal para ella e iban como a una fiesta. Se sentaron a la orilla de un peñasco, aquel que tiene la forma de un caballo. Y de repente vino un golpe de mar y arrastró a la cría. Tito llegó a sujetarla por la mano, pero el mar volvió con otros dos zarpazos. Siempre hace así, de tres en tres.

Bajo la mesa, fuera de la vista de la señora, apreté con rabia la mano intentando que las uñas se clavasen en la palma. Se volvió a abrir sola, despacio, hasta tensarse como la manopla de un herrero.

El niño aulló como si le arrancaran la mano en vivo. Todo el lugar escuchó aquel grito. Yo misma debí de sentir algo en la fábrica, que el cuerpo se me puso mal. Ramón corrió a los cantiles y se echó al agua. Pero no pudo hacer nada. Y el mar se llevó a la niña.

Rastreamos la costa durante días, sin encontrar el cuerpo. Cuando ya había pasado una semana, una vecina vino a llamar a la puerta despavorida. ¡Chelo, Chelo, tu marido!

¿Mi marido? ¡Estás loca! ¿Qué dices de mi marido?

Pero ya no tenía nada que disimular. Allí venía Albino, a la luz del día, por el camino de la ribera, renqueante, con sus harapos de pana deshilachados como algas. Traía a la pequeña en brazos. Venía limpia. Blanca. Una muñeca de porcelana. La marea se la había llevado allí, a la gruta del Congro. El mar es un atolondrado, pero a veces tiene esa maldad de los sobrios.

Dentro de la gruta, explicó la madre de Castro, el agua apoza, a la manera de una nevera cristalina. Por el día entran lanzas de luz por rendijas del acantilado. Pero, desde fuera, ese estanque está oculto a la vista, cubierto por una cortina de sargazos. No es fácil entrar. Por allí metió el mar a la niña. El agua fría conservó el cuerpo intacto. Albino venía ido, perdido en el tiempo. Había estado días velándola en la gruta, convencido de que la niña dormía.

Me pareció notar que la mano resurgía, punzada por la verdad. En el Old Crow Castro nos había contado una asombrosa historia de amor. El naufragio de un yate donde viajaba una joven navegante solitaria. Aparece la embarcación pero no el cuerpo. Viene la madre en busca de la hija. Una mujer nórdica, hermosísima y valerosa como una diosa vikinga. Decían que era una artista de mucha fama en su país. Cuando miraba el mar, éste, avergonzado, mudaba de color. Un joven marinero descubre en una gruta el cadáver de la chica, conservado en una poza fría. Pero no da cuenta del hallazgo nada más que para alargar la estancia de aquella madre que lo tiene hechizado... Ese marinero fui yo, afirmaba Castro. Y nos dejaba con la boca abierta.

Interrumpí a la señora: Disculpe, ¿fue en esa misma gruta donde apareció la hija de la cantante?

¿La hija de la cantante?, respondió ella con la mayor extrañeza. Por aquí la única cantante que vino fue Finita Gay, a una verbena.

¿Finita Gay?

Sí, Finita Gay. Le daba muy bien a la copla. De chica había sido costurera por las casas, de esas que llevaban la singer a la cabeza. Aquella noche de la verbena nos hizo llorar con lo de *Te quiero más que a mi vida, te quiero más que a mis ojos*. Decían que tenía un hijo de soltera. Cantaba: *Anda, rey de España, vamos a dormir*. No sé de otra cantante por aquí. También ella se acabó marchando. A las Américas.

Castro guiñó un ojo desde la luz filtrada del Old Crow. Perdone, le dije a la madre, me confundí de historia. Siga, por favor. ¿Qué fue de su marido? ¿Qué fue de Albino?

Él ya no se recuperó. Se fue apagando en la cama. Con las fiebres, murmuraba: Ha de andar por ahí el Caimán. Como si lo oliese. Y es cierto que todavía vino el Caimán a la caza de la presa, después del entierro de la niña. Le dije: Pase, pase, aquí ya no hay vida que atormentar. Él torció la cara: Mandaré a alguien, a hacer un parte. Y después, entre las sombras de la higuera, añadió: Hágame el favor, no le diga que vine.

Ella intentó sonreír: ¡Penalidades! Voy a ver si hay por ahí una botella de algo. Volvió con un aguardiente de guindas. Parecía cansada y arrepentida: No debería haber contado todo esto.

¿Por qué?, protesté.

Porque no sirve para nada. Sólo para hablar sola. Para eso, sí.

Bebió un trago e hizo un gesto de sonriente amargura.

Solté la típica tontería de consuelo: Pero, al final, ustedes dos salieron adelante.

Lo que siento, dijo la madre de Castro, es no haber marchado yo. Tiempo después de morir mi marido, Ramón me escribió. Él había emigrado a Alemania. Fue de los primeros en marcharse allá. De minero, en Aquisgrán. Me envió el dinero para el viaje. Casi no sabía escribir, pero me puso una cosa muy amorosa: Hay calefacción, Cheliño, y es gratis.

Pero no se marchó.

Pues no.

Miró el reloj que colgaba de la pared. Un reloj de plato con la torre del Big Ben pintada en purpurina dorada: ¡Ya se nos fue el día!

La mano salió de su escondrijo. Me acudió al mentón en un gesto de inquietud. ¿No recuerda cuando su hijo se puso el tatuaje de los paíños?

Anduvo mucho tiempo sin rumbo, ¿sabías? Embarcó en un pesquero y cuando volvía del mar sólo venía a casa para dormir. Ni se acostaba en la cama. Quedaba en la escalera, o tumbado al pie de la higuera. Siempre lleno como una cuba. Metido en reyertas de taberna. Se estaba poniendo azul del alcohol. Pero una vez volvió cambiado. Se había ido al mar Austral, en un congelador, de frigorista. Seis meses sin salir del barco, sin tocar tierra. A mí nunca me gustaron los tatuajes. Le pregunté para qué se había hecho aquello, que le iba a quedar la mano marcada para toda la vida. Y me dijo: En algún sitio tenían que posarse los paíños.

Tuve, de repente, una rara visión de bruma que traté de apartar de la cabeza. Castro no está en un congelador sino en una cárcel en la costa. La mano emerge entre rejas.

Él tenía una fijación con aquella mano, dijo la madre. La llevaba como una culpa. Creo que era por lo de la hermana. Que se le escapase fue algo que nunca pudo entender. Le causaba mucho remordimiento.

En Londres se le quería bien, comenté por dejarle un epitafio al amigo.

Pero Londres es muy grande, ¿o no?

Sí, es muy grande, sonreí. Pero los que lo conocían le querían mucho.

67

Al despedirme, le di la mano y sentí que sentía el calor frágil, de ave encogida, de la suya. Fuera, el viento arrancaba lascas de mar que se fijaban en la cara como escamas. Al andar, la mano se hacía notar, reanimada, a una cuarta de la pierna. Pero yo no le prestaba atención. Dejaba que de vez en cuando adornase en el aire mi hablar de solitario.

Nadie se extrañó en el Old Crow de que apareciese con los pájaros en la mano. Me había hecho el tatuaje en la casa Saints, en Portobello, al lado de la sede del Ejército de Salvación, donde hay un cartel con un frasco que pone *Eternity*. Buen licor, sí señor.

Cuando tiraba los dardos, y fallaba, que era cada vez, bebía un trago de cerveza negra y musitaba en la ensenada de la mano, entre los peñascos del pulgar y el índice: Tranquilo, Castro, tranquilo. ¡No vamos a ganar siempre!

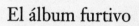

El álbum furtivo

*A Carlos Eugenio López
y María Garzón*

«Nada se pierde; todo lo que
uno vio queda con él.»
HENRI CARTIER-BRESSON

Acantilados en Visma (A Coruña)

Prisión Provincial (A Coruña)

Cementerio marino de San Amaro (A Coruña)

La Torre de Hércules, entre la higuera, desde Visma

Camino de Victoria Station

Tren de Epsom

Torre Trellick

Puente de hierro en Ladbroke Grove

Hospital desde Ladbroke Grove

El barbero de Kensal Rise

91

Funeraria de Kensal Rise

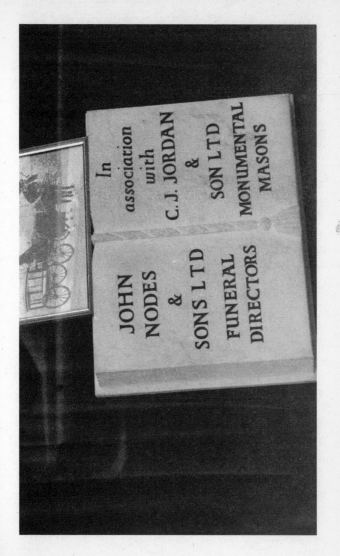

Labios de Kilburn

Puños de Kilburn

Futbolín del Milenio

Tatuajes de Portobello

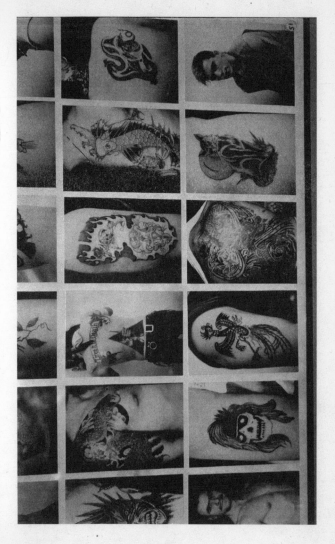

Lencería de Soho

103

Música de Portobello

Quiosco de West Hampstead

Mensaje en Willesden Green

Playa del Underground

Agencia de viajes de Portobello

Ejército de Salvación en Portobello

Escalera de Kilburn

El Faro de Hércules desde Visma (A Coruña)

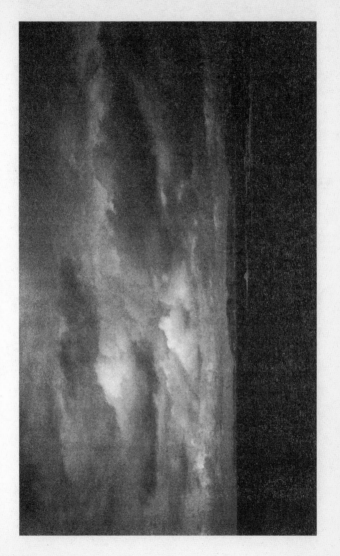

Los naúfragos

A Xosé Manuel Muñiz

«Para el ser humano, el destino es como el viento para el velero.»
AMIN MAALOUF

«Hay vivos, muertos y... marineros.»
JOSEBA BEOBIDE

Había leído en un viejo libro que las madres pescadoras destinaban para el mar el primer pan salido del horno en Año Nuevo. Se hacían acompañar por un hijo al acantilado más bravío y era el niño el que echaba la hogaza a las fauces espumeantes de la invernada. Aquel pan ritual, del que hablaba la *Etnografía* de Vicente Risco, era una ofrenda para calmar el hambre del océano. Según la creencia, salvaría, por lo menos, a un marinero. La suerte del náufrago.

Pero yo nunca antes había leído ni oído hablar de los pensamientos de oro.

«Llega un momento en que la muerte es lo que menos te preocupa. Yo estaba allí, solo en la noche, abrazado al madero. Al principio, éramos cuatro. Cuatro hombres cogidos como podíamos a aquel tronco. Tenía el largo de un eje de carro. Pero el mar fue arrancando, uno por uno, a los compañeros. ¡A mí no me llevas!, pensé. Me sujeté como una abrazadera, como si fuese parte de mí. Y entonces, me pasó algo curioso. De repente, no estaba allí. La cabeza se me fue para casa. Tenía delante a la mujer, a los hijos, y cavilaba cómo zafarían en la vida. Me puse a solucionar problemas. Tapaba huecos, rellenaba y firmaba papeles, decidía sobre asuntos pendientes. Veía todo con mucha claridad. Solo, en el medio del mar, mandaba las últimas voluntades. Dicté, como quien dice, el testamento. Y cuando todo estuvo en orden, quedé muy tranquilo. Calmadísimo en el medio de la tempestad. Tenía la cara toda rasgada, pero en aquel momento el madero me pareció una almohada.»

«Supe más tarde que a eso que me pasó le llaman los *pensamientos de oro*», dice Juan Jesús Piñeiro, de cincuenta y cuatro años, cocinero de barco. Está en su casa de la aldea costanera de Serres, en Muros, recién llegado de una larga navegación. Sentado del revés, de bruces sobre el respaldo de la silla, la mirada de Piñeiro se va nublando, perdida en la lejanía, como si divisara a través de los visillos el cacareo de las luces de Annaba o la silueta del cabo Bon.

Allí, frente a las costas argelinas, Piñeiro permaneció veintiséis horas agarrado a aquel madero. Desde las tres de la tarde del 27 de noviembre hasta las seis de la tarde del día siguiente. Era cocinero del *Enteli*, un mercante que transportaba cemento, tripulado por dieciséis hombres.

Piñeiro fue el único superviviente.

Cuando el barco escoró, por un corrimiento de la carga, llevaba el hombre una gran piña de bananas. Esperó en vano el balanceo de la normalidad. El mar estaba muy agitado y venteaba con fuerza. Dejó las bananas y subió al puente. El capitán fue lacónico: «Piñeiro, ¡nos vamos al carajo!».

La mayoría de los hombres dormitaban, después del almuerzo. Piñeiro sabía que el telegrafista, un guineano, cerraba el camarote por dentro. Y en esas circunstancias, un camarote cerrado es un pasaporte seguro para el abismo. Fue allí y llamó a la puerta con fuerza. Nada. Dormía y nunca más despertó. Al volver a cubierta, el grácil *Enteli* se hundía como un pesado féretro. Piñeiro escuchó llamar por nombres que no había oído antes. Las de algunos compañeros parecían voces del más allá.

«Yo no llamé por nadie. Desamarré una balsa con las manos y con los dientes. Pero al tirarla a popa, reventó.»

El de Serres se echó al agua y nadó como un anfibio para huir de la succión del barco.

Piñeiro siempre se cuidó. Hacía pesas con grandes botes de melocotón en almíbar, halterofilia con sacos de patatas y flexiones sobre superficie móvil naval. Fumar, fumaba. Un pitillo de vez en cuando para darle sabor a la melancolía. Se los enseñó a liar la abuela. Le daba un cuarterón de picadura, ya de niño, para que le ayudase en la huerta. Y le compró una bicicleta para que trabajase la tierra y se olvidara del mar. Pero él pedaleaba y la rueda de delante iba siempre hacia la ribera. También fue la abuela quien le enseñó a amasar el pan de trigo y a hacer borona de maíz. A los diecisiete años tomó un autobús y se plantó en Gijón. Le dieron trabajo en un carbonero, de marmitón. Ha amasado mucho pan en el mar. Una vez tuvo que vérselas con un capitán miserable, de esos que no se lavan por no gastar jabón. Tampoco quería gastar en levadura. Piñeiro le echó directamente cerveza a la harina. Fue aquél un pan muy celebrado. Ahora es un auténtico *maître* de los mares. La pasada Nochebuena, fondeados en Canarias por causa de una tempestad, el menú del *Francisca*, su actual destino, fue el siguiente: Consomé, langostinos al whisky, bacalao al pilpil, lenguado a la plancha con salsa al estilo Piñeiro, ensaladas variadas, solomillo relleno con cola de langostas, entrecó con salsa de pimienta y tarta al estilo Francisca.

«Yo siempre fui muy democrático para las comidas. Hubo alguno que desayunaba catorce huevos y tocino para mojar.»

La cocina es el santuario de un barco. Un pecado del cocinero puede provocar un motín. Es sometido a un referendo diario. En los barcos hay de todo y a veces las lenguas son afiladas como navajas. El cocinero tiene que templarse al fuego. Se hace de acero. Y en extremo práctico. No puede creer en los milagros y menos todavía en el de la multiplicación de los panes y de los peces.

Piñeiro no reza. Los pensamientos de oro son paganos.

El salitre le quema los ojos. Piñeiro pestañea. Pero no hay duda. Aquello que se acerca es un milagro con contoneo caribeño. Es la piña de plátanos que abandonó en el difunto *Enteli*.

Está sujeto al tronco, después de descartar por inseguro un bidón y una caja poco resistente. Se le han unido tres náufragos más. Está convencido de haber visto al capitán en una lancha con otros tripulantes. Ésos se salvarán, piensa. La piña de plátanos viene hacia él, como empujada por una mano invisible.

«¡Vamos a morir, Piñeiro!», se lamentan los otros. Enojado con la fatalidad, grita por vez primera en mar abierto: «¡No vamos a morir, hostia, no vamos a morir!». Y echa meigas fuera: «Comed, hay que comer. ¡Comed los plátanos!».

Sólo le hace caso uno de ellos. No dominan la boca ni la nuez de la garganta. Castañean los dientes.

Él es el único que conserva un reloj en la muñeca. «¿Qué hora es, Piñeiro?» Cada poco, aquel pobre angustias. «¿Qué hora es, Piñeiro?» Como una letanía. «¿Qué hora es?»

Piñeiro se desprende del reloj y lo lanza a lo lejos. Se acabaron las horas.

Vuelve a sumergirlos un golpe de mar. Como muñecos de trapo. Al emerger, aboya una cabeza menos. Falta un compañero, el segundo maquinista.

Otro golpe de mar devora al segundo marinero. El zarpazo arrastra también al más joven, de dieciocho años. Piñeiro lo sujeta con su brazo de noray. Pero aquel mar caníbal cortó por lo sano. Volvió para arrebatar y engullir al muchacho.

Piñeiro queda solo en la noche. Tiene una sed que le duele en la boca y marchita los sentidos. Y eso que tragó mucha agua. Eructa un gas salado.

«Empezó a lloviznar. Yo enrizaba el pelo y luego lo escurría para lamer las gotas de agua dulce.»

Piñeiro mueve las piernas todo lo que puede. De ser en el Atlántico, ya se habría muerto de frío. Muy a lo lejos, de vez en cuando, pespunta el bordado de luces de Annaba. Antes del alba, ve las linternas de los pesqueros que retornan. No grita. No puede ni serviría para nada. A esas distancias, los motores ahogan cualquier voz.

Alucinaba, como en un sereno trasmundo. Arreglando las cosas del hogar de Serres. Con los pensamientos de oro.

Eran las seis de la tarde del domingo día 28. A esa hora, el jefe de máquinas de un carguero alemán que llevaba cítricos para Dover, en Inglaterra, decidió salir a refrescarse en cubierta. Fue él quien vio el fugaz aletear de un brazo humano en la inmensidad marina.

Largaron un salvavidas, pero Piñeiro no soltó aquel tronco que mucho le recordaba al eje del carro. «Era ya parte de mí.» Solamente lo hizo cuando se supo bien sujeto a la lazada de una amarra.

131

«Me ocurrió algo extraño. Yo estaba muy entero, pero ya en firme, en el barco, por la noche, me derrumbé. Me cayó el mundo encima. Desvariaba. No sabía quién era ni dónde estaba.»

Días después, de vuelta a casa, en el aeropuerto de Madrid, Juan Jesús fue al barbero. «Tuve un problema», dijo, lacónico, para explicar las heridas de la cara. Allí mismo abrió el periódico y vio su fotografía en la página de sucesos. Fue justo en ese instante cuando se convenció de que era cierto que estaba vivo.

Avelino Lema, por su parte, nació cuatro veces.

La primera vez, en Laxe. Allí, en la Costa da Morte, los serones de bebé eran los cestos de mimbre del pescado. A los niños se les enseñaba que la tierra firme era un territorio accidental. Y la credencial que de verdad certificaba la existencia era la *libreta* de marinero.

El mar era un *internet* para salir del hambre. El primer paso en esa *red* era una chalana. Y muy pronto se hacía uno experto en *globalización*. Avelino Lema recuerda el crepúsculo en el Lapland ártico, la música de los mariachi en Veracruz, la onda sísmica del Pacífico. De las mujeres, no sabría dónde naufragar. Para todas, un altar.

132

A la edad de catorce años llegaba Lema a la Argentina. Su único equipaje era un par de zuecos nuevos. Los llevaba al hombro, para no gastarlos.

Pintaba naves en reparación en Buenos Aires. Pero su sueño no era luchar contra el óxido de los barcos varados sino surcar mares. Se metió de polizón en un buque sueco, el *Filgia*. A la altura de Brasil, salió del escondrijo y se presentó al capitán con el único documento de la *libreta* de marinero de Laxe. Un salvoconducto en la ley selvática del trabajo en el mar. A lo largo de la vida, volvería varias veces a ese barco en el que entró de polizón. Le daba buena suerte.

Avelino Lema, que ahora tiene sesenta y cinco años, casado y con dos hijos, volvió a nacer en el Índico, en el Mediterráneo y en Canarias. Sin contar la ocasión en que, muy joven todavía, un tipo grande como un mundo y algo pirado de la cabeza le quiso tronzar el espinazo contra una barandilla de la sala de máquinas. «No tuve más remedio que clavarle un hierro en el hígado. Noté cómo iba aflojando las tenazas de los brazos hasta que se desplomó. No se murió, todo hay que decirlo.» Y sin contar la ola sísmica que el 20 de marzo de 1967 bordeó milagrosamente la ruta que seguía el *San Juan Trader*, del Japón a San Francisco, y fue a estrellarse en Hawai causando miles de muertos. Larguísimas horas de vigilia, a la espera impotente de una de las olas más gigantescas en la memoria del mar. Lema lo cuenta ensortijando las barbas con los dedos. Aquella bicha pasó tan cerca que se llevó la sombra de los vivos. Lema recuperó la suya una noche de alegría portuaria.

Verano de 1958. Lema va en el *Ormok*, un carguero que se dirige a Manila. Una noche de mucha niebla. Lema va dormido y lo despierta una tremenda embestida. Un buque alemán de mayor tonelaje envía al *Ormok* al infierno. Sin pensárselo, salta por el embudo de la noche y se arroja al mar. Bracea a tope para alejarse del devorador sumidero que es siempre un barco a pique. La bruma es espesa como un fardo de algodón. No se ve nada. Sólo se escuchan lamentos, bocinas del apocalipsis, mezclados con el mugir resentido del océano. Se aferra a un entablado. Así permaneció cuatro horas. El mar se zampó a diez compañeros.

En el carguero danés *Jota*, en 1974, Avelino Lema tuvo tiempo de oírle decir al capitán: «¡Abandono de barco!». Y él, el capitán, fue el primero en hacerlo. «¡Joder con el tío! ¡Hasta

134

llevaba la maleta preparadita y todo!» Eran las tres de la mañana. Para entonces ya ardía de proa a popa. Dentro de la tragedia, fue algo cómico. «Parecía el barco ese de los hermanos Marx. Se había declarado el incendio en máquinas. Todos los sábados hacíamos un simulacro de salvamento y salía a la perfección. Pero ese día, tócate el carajo, el del incendio de verdad, iba todo al revés.» El carguero de Lema hacía la ruta de Salónica a Montreal. «Estuvimos dieciséis horas en una balsa. Nos salvó un barco holandés, pero en la maniobra de recogida casi nos mata nuestro oficial. Tuve que darle un buen toque con el remo para que dejase de hacer el ganso. En Salónica, un tripulante, que era de Finisterre, aseguró que sabía hablar griego. Llegaron las autoridades y le preguntaron que qué había ocurrido y va él y les dice en gallego: *¡Queimouse e ao carallo!* Casi perdemos la vida, pero reír reímos a muerte.»

El fuego seguía los pasos de Lema mar adelante. Quiso cazarlo otra vez en 1989, en Canarias. Avelino estaba entonces de marinero en el *Itxaxeste*. Había una avería eléctrica en la freidora. Fue a avisar al jefe de máquinas, que le dijo: «¡Tú a freír patatas y déjate de cortocircuitos!». Resultado: Avelino se churrascó un brazo y acabó ardiendo el barco todo.

El tramo final del paso de Avelino por el mar fue mucho más tranquilo. Trabajó en la línea de ferrys de Barcelona a Mallorca. «¡Aquello era turismo, amigo mío! Todo miel.» Pero la vida pasada desde que salió de Laxe con los zuecos al hombro deja en anécdota menor la mismísima odisea de Ulises. En un barco con las bodegas llenas de vino vio cómo un compañero moría después de trasegarse un cubo de mistela. «Algunos nórdicos pasan de la ley seca al disparate.» En Lapland, a más de 32° bajo cero, sólo les suministraban una botella de whisky al mes. «No había cristo que aguantara aquello.» Avelino fabricaba un licor con colonia Aqua Velva, hielo y azúcar. Su mirada es como un videoclip. Ahora habla del mar del Coral. De todas las islas del mundo, Santa Helena incluida. «Dicen que allí murió el Napoleón, pero no había nada que rascar.»

Y luego está la historia de los loros. En los años sesenta, Lema trabajó un tiempo en una ruta de transatlánticos, de Canarias al mar del Caribe. En Tenerife compraban botellones de Varón Dandy y en Barranquilla los cambiaban por loros. Cada frasco de Varón Dandy, un loro. «¡Loritos bonitos, eh!» Llegaron a reunir medio centenar de loros por viaje, que guardaban en un camarote. El oficial se quejó del ruido, decía que molestaban a los pasajeros. Y decidió deshacerse de ellos dándoles de comer perejil. Fue como una película de terror, donde las víctimas eran loros. «¡Daba pavor verlos muertos! ¡Un orfeón de loros! El cabrón del oficial los había envenenado a todos. Y eso que yo le había dicho: "Los pájaros no hacen ruido, los pájaros cantan". La verdad es que hacían un ruido del carajo, pero ¿sabes lo que dolía ver muertos a aquellos bichos tan bonitos?» Casualmente, en una escala en Italia, la policía aduanera entró en el barco, casualmente, registró el camarote del oficial *mataloros*, y casualmente, encontró un variado surtido de contrabando. Lo llevaron preso, mientras la tripulación cantaba en cubierta: *¡Se va el caimán, se va el caimán, se va para Barranquilla!*

«Vivir, viví a tope, pero no fue gratis.»

Avelino goza ahora de las puestas de sol en los acantilados del Laxe natal y celebra con alegría haber renacido al menos tres veces. Con otros marineros organiza todos los años, por agosto, el Día del Náufrago, inspirado en una fiesta que vio en Perú. Se hunde una barca y ellos nadan hacia la Virgen del Carmen. La señora, siempre, en el altar.

Estrella Méndez naufragó dos veces en tierra. Duramente. Con el agua al cuello. A punto de ahogarse.

La primera vez, cayó abatida en un sofá y no quiso levantarse. Hacía calceta y rezaba el rosario. Vivió en un trasmundo durante dos años. Fue después de lo de Benito.

El padre de Estrella, pescador en los mares del Sur, no sabía escribir. Las cartas a la familia se las manuscribía un compañero, mucho más joven, llamado Benito Silva. Un día se presentó en la casa de Estrella, en Canido, Vigo, y le dijo: «Soy Benito, el que le escribe las cartas a tu padre». Se casaron a los cinco meses.

La madre de Estrella no era muy partidaria de aquella boda. El mar era una esclavitud. Lo sabía bien. Y Estrella era su única hija. Tenía por aquella época muchos pretendientes. ¡Tan buena moza! ¡Y cómo bailaba Estrella! Incluso ganó un concurso de tango. Y había estado tentada de marchar a América.

«De Vigo salían dos barcos diarios con emigrantes. Fui a tantas despedidas que a mí también me entraron ganas de marchar. Tenía el billete y todo. Pero me eché atrás, porque era hija única y sentí pena por mis padres.

Tengo siete tíos enterrados en Chacarita, el cementerio de Buenos Aires. Eran veintidós hermanos y, de todos ellos, el único que no había emigrado era mi padre.»

Después llegó el pescador Benito, el que escribía cartas con buena letra. Y lo prefirió a todos los pretendientes.

El padre de Benito, de Pobra do Caramiñal, había muerto en el mar en 1940. Encontraron un barco a la deriva en la ría de Vigo, subieron a bordo, encendieron un candil de gas y, ¡boom!, el barco estalló y ardió como una tea. Benito tenía entonces nueve años. La madre guardó todo lo que tenía en una canasta, cargó con los cinco hijos y subió a un tren hacia la ciudad, para A Coruña. En el Muro, en la lonja del pescado, la llamaban María A Chourrou. Era la Madre Coraje de las pescaderas.

Después de casar, ya con dos hijos, Benito estudió para patrón. En el verano hacía las campañas del atún. Estrella trabajaba en una conservera. Benito fue el número uno. Salió en los periódicos. Un buen viento soplaba en las velas de la vida.

El 4 de octubre de 1970, a las cinco de la mañana, Estrella se levantó para abrir la puerta. Contaba los días y las horas de la marea del

Gran Sol, y Benito, patrón de *La Isla*, era siempre puntual en la cita, como el primer día de un enamoramiento. A las siete, Estrella despertó a José Luis, el hijo mayor, de dieciséis años. Por entonces, ya tenían una prole de cuatro hijos, con las niñas Ana, Estrella y Carolina. Madre e hijo bajaron al puerto coruñés. Ninguna noticia. Era domingo y Estrella comenzó a llamar por teléfono. Por fin, ya al atardecer, una voz respondió en la oficina del armador: «No se mueva de casa. El barco se fue a pique pero todos los hombres están en lanchas y los van a rescatar».

Esa misma tarde, a la misma hora, a la niña Estrella, de nueve años, un hombre le dice en la calle: «¿Qué haces tú jugando si tu padre está muerto?».

Durante horas y horas los habían tenido al margen, fuera de la realidad de una forma cruel. *La Isla* se había hundido a las cinco de la mañana a muy poca distancia del hogar de Benito y Estrella, en los bajos de la Torre de Hércules. Fue una tragedia que reveló una infamia. Los vecinos escuchaban los lamentos y los gritos de socorro de los náufragos. Pero en el gran puerto atlántico, en 1970, con una cohorte de burócratas bien pagados, no había ningún medio de salvamento.

Sólo hubo un superviviente, Ramón Seoane. Estuvo seis horas en las garras del mar, desollándose contra las rocas. Unos pescadores coruñeses apostaron la cabeza y su frágil barco para salvarlo.

Ramón Seoane vive ahora jubilado en Noia. Como Benito Silva, su padre había muerto en el mar, en el Gran Sol, dos años antes de su propio naufragio. Recuerda que en aquel calvario, al pie del faro, llamaba por el padre difunto para que le echase una mano.

«Yo había conseguido sujetarme a un enjaretado. Vino arrastrado el contramaestre Juan y también se agarró. Muy cerca, oímos al tripulante más joven, Manoliño. Tenía dieciocho años, y era su primera marea. Recuerdo que gritaba: *¡Salvaime, que non sei nadar!* Una o dos veces. El mar lo acalló enseguida. Nosotros estuvimos una hora luchando, sacudidos sin tregua. Yo le decía a Juan: "No grites, que sólo sirve para tragar más agua". Vino una tremenda rompiente y, al reflotar, él ya no estaba. Yo rezaba por dentro. Siempre fui muy amigo de la Virgen. Rezaba todo lo que me había enseñado mi abuela al lado de la lumbre de invierno. El Señor Mío Jesucristo y el Yo Pecador Me Confieso. ¡Todo! Rezaba para que me dejasen criar a los hijos. Pero llegó ya un momento en que rezaba para perder el sentido. Para no seguir despierto. No quería ser testigo de lo que me estaba pasando. Y entonces apareció un barquito pintado de rojo. Eran las once de la mañana. Llevaba seis horas zapateado de peñasco en peñasco. Tenía toda la piel renegrida. El médico me dijo que me había salvado la gordura.»

Mes y medio después, Ramón Seoane volvía al Gran Sol. Cuando entraba o salía de la bahía coruñesa, se refugiaba en la sala de máquinas. No quería ver el cementerio marino.

«Antes de ser marinero», cuenta su mujer María Arca, «era *gaiteiro*. Pasó un día por delante de mí y yo le llamé *caramuxo**, porque era muy bajito, y fue él y me tiró un guijarro. Nos enamoramos de esa manera, peleando».

Lo que no ama Seoane es el mar. Rompe con los viejos tópicos de la retórica poética sobre la irresistible atracción entre el marinero y un mar de supuesto género femenino, que él tiene por macho cabrón. «No, no me atrae nada el mar, ni siquiera la playa», comenta ahora Ramón como saldando una vieja cuenta. Cultiva una huerta con la delica-

* Bígaro común. Referido a persona, mingurria.

deza de un jardinero chino y acude siempre al reclamo de la banda de música.

Cuando murió Benito, Estrella cayó en el sofá y no se movió de allí durante dos años. La rescató de ese naufragio José Luis, el hijo. Llegó un día y la encontró rodeada de viudas y rezando el rosario. «¡Ya está bien! Esto parece una congregación de beatas. ¿Vas a enterrarte en vida? ¡Venga, Estrella, a bailar!»

José Luis era de una estirpe valerosa. El cuerpo del padre tardó muchos días en aparecer y él recorría sin descanso el litoral. Fue él quien lo reconoció en el depósito de cadáveres. Benito llevaba puestos los calcetines con franjas fluorescentes. Unos calcetines del hijo. Su hija Ana compró el ataúd. El más caro. Los familiares ya se habían marchado a sus lugares de residencia, dada la tardanza en aparecer el cadáver, y la comitiva fue muy menguada. El empleado de las pompas fúnebres exclamó: «¡Lástima de una caja tan cara para tan poca gente!».

Desde que aprendió a hablar, José Luis decía que quería ser marinero. Después de la muerte de Benito, la madre le obligó a estudiar Comercio. Pero cuando ella pensaba que se iba a examinar, fue él y le dijo a Estrella con firmeza: «No pagues la matrícula. Me voy al mar». Ya tenía comprada la maleta. A los diecisiete años estaba en el buque factoría *Galicia*, en los mares de África del Sur. Las manos inflamadas como manoplas, pero él nunca se quejó.

Estudió para patrón de altura y de patrón de altura estuvo en la flota libia que faenaba en Mauritania. Mucho dinero. Pero él, un día, en Las Palmas de Gran Canaria, le confió a Estrella: «Mamá, voy a seguir estudiando». Ella creyó que sería para oficial de la mercante o algo parecido. Y él volvió a sorprenderla: «Voy a estudiar Medicina».

Hizo la carrera en Santiago. Durante el curso, por la noche, hacía escapadas al puerto de A Coruña para quitarse el moho de las aulas: «¡Tengo que respirar!», decía.

A diferencia del repelús de Ramón Seoane, José Luis Silva sentía el hechizo del mar. Era como si tuviese branquias en lugar de pulmones. Al día siguiente del último examen ya estaba enrolado en un pesquero en el Gran Sol. En el verano, y todavía bien entrado noviembre, hacía mareas de quince días para pagarse los estudios. En el mar de Irlanda, en el escaso tiempo de reposo, estudiaba la patología humana.

Cuando terminó la carrera, se estableció como médico en la comarca del Xallas. Se hizo muy popular, muy querido. «Tenía un buen ojo clínico», cuenta Estrella, «y entendía los problemas de la gente». Estaba al día en las novedades médicas. Casó con una joven llamada Nuria y parecía que iba a comenzar para él una buena travesía en tierra adentro. Pero algunos galenos caciques, con miedo a perder la clientela, le hicieron la vida imposible.

Él siempre tenía al mar. Y volvió con un nuevo sueño. Ser médico de marineros.

En Sudáfrica estuvo un tiempo compartiendo los trabajos de médico y patrón de pesca. Trató de conseguir un puesto de médico en un buque-escuela. Pero perdía la paciencia en los trámites. Prefería enfrentarse a una tempestad antes que a un burócrata.

Estrella Méndez sufrió su segundo naufragio en tierra en la víspera de fin de año de 1996. Ese día le llegó la noticia de que su hijo José Luis había muerto ahogado en el sur de las Malvinas, a la altura del Cabo de Hornos.

Esta vez no se dejó vencer en el sofá. Cuando se aflige, oye la voz del hijo: «No te quiero ver así, mamá. ¡Venga, Estrella, a bailar!».

En la aldea de Campara (Malpica, A Coruña) hay un viejo sordo que se ríe cuando lee en tus labios la palabra *naufragio*.

Eliseo Mato, de ochenta y seis años, celebra estar resucitado desde noviembre de 1959. Estaban preparando su velatorio cuando el mar lo devolvió contra un acantilado, a la altura de la capilla de San Adrián. En el humilde hogar había dejado una niñada de nueve hijos. Él iba en una barca de remolque del lanchón *Uruguay*. Cuando estaban faenando, se desató una pavorosa tormenta. Intentaron volver a puerto, pero el mar no estaba para nada de acuerdo. En la barca iban también otros dos hombres y dos niños de los llamados *recaderos*. La volcó el puñetazo de una enorme ola. Eliseo y los niños quedaron debajo. Él no sabía nadar y se aferró al banco de sentarse. Si no fuera sordo, podría escuchar el gorgojeo agónico de los chavales. En el lanchón picaron el cabo, dándolos por ahogados a los tres. Eran las seis de la tarde y anochecía. El mar hizo danzar durante horas a aquella barquita puesta del revés. Bajo ella, los brazos de Eliseo eran como clavos en la madera. Mantenía la cabeza en una cámara de aire. En aquel tiempo ya no oía, pero su destino le murmuraba que también su padre había muerto en el mar. Y así estuvo durante diez horas en medio de la galerna. Hasta que el mar, después de tanto mascar, decidió escupirlo en el acantilado. Cuando se vio en firme, además de no creerlo, Eliseo reanimó los brazos golpeándolos contra la roca como si fuesen los tentáculos de un pulpo. Se habían quedado rígidos. No se le movían. Se metió por la maleza a la búsqueda de la capilla, hasta encontrar una luz muy tenue que lo orientó. Todavía tuvo que librarse de un perro poco piadoso con los fantasmas que retornan del mar. Cuando acudió el vecino de la casa, lo miró con incredulidad: «Pero, Eliseo, ¿no te habías ahogado?».

Malpica parece el fruto de una apuesta. Como si el puñado de fundadores, los antiguos balleneros, decidieran que la vida era una partida de tute cabrón contra el mar. Es un peñón metido en lo más bravío del Atlántico, y sólo hasta hace poco protegido por un dique de abrigo. La noche del 20 de enero de 1972, en plena verbena de la fiesta de los Casados, un golpe de mar arrastró como fichas de dominó las losas de la antigua dársena. Tocaba la orquesta Los Satélites. Una montaña de agua desbarató la fiesta y, de paso, la flota pesquera.

En aquel año de 1972 nació en Malpica Antonio Mato. Desapareció y volvió a la vida en la noche del 14 de octubre de 1994. Lo que salvó a Antonio fue una luz que en el mar tiene la dimensión de una luciérnaga. La lámpara de cuarzo que va en el palo de proa.

Antonio iba de largador de redes en el pesquero *Santo Domingo* y cayó al mar entrada la noche, en un movimiento en falso. Era una noche fría, de oscuridad total. Los compañeros no se dieron cuenta y siguieron avante. Antonio llevaba puestas las pesadas botas de goma, los pantalones, dos jerseys y el traje de aguas por encima. Era lo que se dice un peso muerto. Bajaba y bajaba. Hasta que consiguió vencer a la inercia. Tardó más de un minuto en volver a la superficie. Y al emerger, lo único que distinguió fue la luz que se alejaba más y más. Su mente estaba en blanco. Sin apartar los ojos de la luz, empezó a despejar las ideas.

«Me quité la ropa de agua con mucho esfuerzo. Conservé la otra para mantener algo de calor. Sabía que la mayoría de los náufragos mueren de frío. Decidí no nadar. No gritar. No fatigarme. Había estudiado cinco años FP marítima, pero en el programa casi no se le daba importancia a la cuestión de la supervivencia. Sin embargo, fue lo que a mí me salvó. Y seguir la luz. Aquella luz me mantenía en calma.»

Estuvo así durante una hora, en la oscuridad del mar, con la única referencia de la linterna marina. Cuando los compañeros notaron la ausencia, volvieron sobre la ruta. La luz acudía a su mirada.

Antonio quiere olvidar pero no le es fácil. Al revés de lo dicho, después de la calma del naufragio viene la tempestad en tierra. Hay una fecha que él haría desaparecer del calendario. El 4 de octubre. No el 10, día de su desventura, sino el 4. El 4 de octubre de 1988 murió ahogado en el *Nuevo Nautilus*, de Laxe, su compañero de habitación en la Universidad Laboral. Y el 4 de octubre de 1990 murieron algunos de sus mejores amigos en el barco *Os Tonechos* de Malpica. Cuando llega esa fecha, le entra una angustia insoportable.

El náufrago superviviente se siente siempre unido a los que se fueron. Es un sentimiento especial, fronterizo, que no se puede compartir.

Lino Pastoriza, treinta y siete años, vecino de Cangas do Morrazo, es albañil. Esta tarde trabaja en el encofrado de una obra. Los fines de semana se dedica a construir su vivienda. Lo que ahorran él y su mujer es para comprar ladrillos, arena y cemento. Quieren que cada hijo tenga una habitación propia.

En su casa eran ocho. Recuerda un detalle de la primera infancia. Llega un hombre extraño con una maleta en la mano y él echa a correr y se esconde. Alguien grita: «¡Es tu padre, Lino! No tengas miedo». Aquel hombre había estado dieciocho meses fuera, peleando con el mar.

Ahora, desde donde trabaja, Lino puede divisar al hermoso enemigo.

Si es albañil, no lo es por miedo al mar. A los catorce años ya hizo una marea de ocho meses en el mar de África del Sur. Escabechaba pescado. Lo descabezaba y limpiaba. Un mínimo de dieciséis horas al día. Lo primero que le enseñaron: En el mar puedes sentirte mal, y se sintió muy pronto, pero nunca puedes ponerte enfermo. Ponerse enfermo está prohibido. Volvió otra marea más, en el *Marvel*, y fue todavía más duro. Pudo ver cómo un compañero, enloquecido, abatía una puerta metálica de un puñetazo. A otro le ardió el colchón por causa de un cigarrillo. Despertó cuando estaba a punto de achicharrarse. «Caías extenuado, roto, con la ropa empapada, sin tiempo a fumarte el pitillo que encendías.»

Si es albañil es porque quiere vivir y dormir con la mujer que ama y convivir con los

hijos bajo un mismo techo, el que ahora cons-
truye con sus manos.

La madre le había dicho: «Vive con la mujer con la que te cases. Con tu padre en el mar
ya sufrimos de más».

La madre le dijo esto llorando, abrazada a
él, después de haber oído en la radio la noticia
de su muerte.

Porque la radio había dicho que todos los
del *Marvel* estaban muertos.

Fue el 27 de enero de 1978. Un viernes.
El puerto de Vigo había sido cerrado debido
a un tremendo temporal. Cosa rara, se per-
mitió la salida del congelador *Marvel* rumbo a
Sudáfrica. Marcharon poco antes de caer la
noche. Cuando los marineros intentaron
cenar, el barco parecía un incontrolado tiovi-
vo. Para echar las tripas fuera. Pasadas las
nueve de la noche, avisaron que se subiera a
cubierta. Un engrasador le contó a Lino la
verdad: «El barco está sin gobierno». Aun así,
les hicieron trabajar cuatro horas, aparentan-
do normalidad. Armaron los aparejos, libra-
ron el pañol y, finalmente, cuando el desas-
tre se veía venir, intentaron soltar el ancla.
Un pesquero les largó un cabo, pero tuvieron
que picarlo porque también ellos perdían el
rumbo.

Lino subió al puente por una linterna. Allí supo que los oficiales estaban intentando comunicarse con el puerto desde las nueve, pero nadie respondía. En realidad, el *Marvel* estaba muy cerca de Vigo, al lado de las islas Cíes, en la boca de la ría.

El contramaestre dijo: «Dadme el último pitillo».

Un golpe de mar los arrojó contra la parte norte de las Cíes. La montaña de mar empujó a Lino hacia el acantilado. Trepó por una pared imposible. «¿Cómo consiguió subir por ahí?», le preguntaron cuando se reconstruyó el siniestro, meses después. Lino respondió como corresponde. Como en las películas: «Hay cosas que sólo se hacen cuando se tiene la muerte en los talones». Abajo quedaba el *Marvel*, estrujado como se hace con un paquete de tabaco vaciado en mal momento. Los gritos humanos se confundían con el aullido de la galerna. En lo alto se encontró a dos compañeros. Caminaron por el monte. Lino está seguro de que vieron a un perro blanco, que se desvaneció en la noche. Bebieron de un manantial. Más tarde llegaron a una cabaña. La puerta cerrada. La tiraron abajo. Había una botella de aguardiente y se dieron friegas por todo el cuerpo para espantar el frío. Más que dormir, desfallecieron. Lino soñó con un perro blanco.

Por la mañana recorrieron la playa grande de las Cíes. Apareció otro compañero, arrastrándose, con una pierna rota. Hicieron señales agitando piezas de ropa y al fin los recogió un pesquero. Como en el caso de *La Isla*, en A Coruña, tampoco había en aquella época en Vigo ninguna embarcación de salvamento. Dos marineros de la Armada les comentaron que la noche de la tempestad las autoridades del puerto habían estado de banquete en Baiona.

«Nadie llamó a las familias. Las únicas noticias que tenían eran las de la radio, y la radio había dicho que todos estábamos muertos.»

De treinta y seis hombres, se salvaron nueve.

«Hay cosas que no se pueden olvidar y que todo el mundo debería conocer para saber el trato que se le da a la gente del mar. Nos llevaron a Povisa, una clínica de Vigo, y un médico nos echó una ojeada y dijo que no teníamos ningún problema, que podíamos coger la puerta y marchar. Nosotros estábamos con lo puesto, con la misma ropa empapada del naufragio. Agotados y hambrientos. Pedimos que nos echaran una mano, que por lo menos nos acercaran a casa. Un compañero dijo que se marchaba, sí, pero desnudo por la calle. Y el tipo nos espetó: "Los marineros tenéis el cerebro de una hormiga". Aquello no se me olvidará en la vida. Yo tenía diecisiete años.»

Lino Pastoriza todavía regresó al mar, en la marina mercante. Hasta que decidió construir su propia casa. Poco a poco, con sus manos. Un barco plantado, con raíces. No quería que sus hijos preguntasen, al verlo llegar, quién era aquel hombre extraño, con maleta en la mano, que llamaba a la puerta, y oír de nuevo: «¡No tengas miedo! Ése es tu padre».

Índice

Biografía

Manuel Rivas nació en A Coruña en 1957. Desde muy joven trabajó en periódicos y parte de sus reportajes están recogidos en los libros *Galicia, el bonsai atlántico, Toxos e flores, El periodismo es un cuento* y el más reciente *Galicia, Galicia*. Una muestra de su obra poética apareció recogida en la antología *El pueblo de la noche* (Ed. Alfaguara, libro + CD). Como narrador, ha firmado *Todo ben* y *Bala perdida* (relatos publicados en colecciones juveniles), *Un millón de vacas* (Premio de la Crítica española), *Los comedores de patatas, En salvaje compañía* (Premio de la Crítica en Galicia) y *¿Qué me quieres, amor?* (Premio Torrente Ballester).

Por este último libro de relatos, en el que sobresale el cuento *La lengua de las mariposas*, le fue concedido el Premio Nacional de Narrativa 1996. Su siguiente obra, *El lápiz del carpintero* obtuvo el Premio de la Crítica 1998 y el I Premio Literario Amnistía Internacional 2001 (sección belga), por ser una novela «que refleja un periodo histórico importante de los derechos humanos». Estas dos obras han sido llevadas al cine con excelente aceptación de crítica y público.

Ha publicado también *El secreto de la tierra* y el volumen de cuentos *Ella, maldita alma*. Actualmente es colaborador del diario El País y dirige la revista crítica *Luzes de Galiza*.